내운명은
스스로
만들어간다

선영제 지음

(주)보림에스앤피

내 운명은
스스로
만들어 간다

인생은 생각하고 준비하는 대로 이루어진다.

언제부터일까. 필자에게 생각하고 느끼던 바를 글로 남기고자 하는 강한 끌림이 싹텄고 그 욕구는 지금까지 점점 더 커져만 왔던 것 같다. 하지만 필자 역시 한창 일하던 시기에는 생각을 정리할 시간이 턱없이 부족했었으며, 무엇보다 의지에 비해 딱히 생각을 글로 풀어내는 재주가 없었던 것 같다. 그러나 대신 평소에 관심 있는 자료를 수집하고 기록하며, 꼼꼼히 정리하여 자료집을 만들어 두는 습관이 있었다. 군에서의 오랜 조직생활을 마친 뒤 대학 강단에서 후학들에게 필자의 인생경험 및 지식에 대한 나눔의 기회를 갖게 되었고, 그동안 미뤄 왔던 여러 방면의 생각들을 하나 둘씩 정리해 여기저기 칼럼으로 기고하기 시작했다. 다행스럽게 '많은 도움이 된다'는 긍적적인 반응이 있어 하나둘 추가로 쓰게 된 것이 몇 년 사이 수십 편이 되었고, 지인들의 권유에 용기를 내게 된 것이 이 책의 탄생 배경이다.

우리는 빠른 속도로 변화되어 가고 있는 시대에 살고 있다. 아날로그시대에서 지식과 정보가 공유되는 디지털 시대 특히 인터넷이 여론을 주도하는 새로운 사회에 살고 있다. 신문과 방송 등 전통적인 메스미디어가 여론을 주도하던 시대에서 페이스북, 트위터, 미투데이 등 SNS혁명이 모든 변화를 주도하는 시대에 살고 있다. 또한 정치, 경제, 사회, 문화, 안보 등 국가의 구성 요소가 이제는 각각의 경계를 허물고 상호 융합하는 시대에 살고 있는 것이다. 하지만 디지털시대에 있어서도 나라사랑 정신이나 인간관계의 핵심 요소 등은 변화될 수도 없고 변화가 되어서도 안된다는 것이 필자의 생각이다.

이 책에 포함된 내용은 딱히 한 가지 주제를 가지고 있지 않다. 필자가 인생을 살아오며 느낀 여러 경험과 지식을 바탕으로 각각의 작은 이야기들을 분야별로 모아 정리해 본 것이다.

특히 우리가 인생을 살아가면서 부닥치게 되는 이런저런 고민, 인생이 어디서 와 어디로 가는지, 무엇 때문에 사는지, 요람에서 무덤까지의 진정한 삶은 어떻게 살아야 하는지 등 수많은 고민 속에 체득한 성찰을 바탕으로 행복한 인생경영을 위한 지혜를 정리해 보았다.

또한 인간으로 살아가면서 누구나 겪게 되는 사람과 사람간의 관계 문제와 조직 속에서의 바람직한 조직관리 문화를 나름대로 살펴보았다. 특히 사회생활에 있어서의 가장 핵심요소인 리더십에 대해 어떻게 해야 리더다운 리더가 될 수 있고 존경받는 리더가 될 수 있을까 하는 고민 속에 필자의 다양한 경험과 체험 등을 바탕으로 리더십의 본질을 살펴보았다. 아울러 최근 개인주의 성향의 팽배로 인해 국가의 존재가치가 소홀해 지는 요즘, 평생을 푸른 제복과 함께 한 노병의 군 경험을 바탕으로 국가의 존재가치와 나라사랑 이야기 등을 정리해 보았다.

미래의 삶은 오늘의 준비 정도에 따라 성공과 실패, 행복과 불행의 모습으로 다가 올 것이다. 삶에 대한 생각과 마음가짐이 그 사람의 장래를 결정한다. 미래는 준비하는 자의 것이고, 준비하고 원하는 만큼 얻을 수 있다. 행운은 하늘이 정해주고, 행복은 사람이 만드는 것이란 말과 같이 자기운명은 스스로 만들어가는 것이다.

필자는 독자들에게 인생을 살아가는데 도움이 될 수 있는 경험과 생각들을 전하고 싶었다. 많은 도움이 되기를 희망한다. 이 책이 나오기까지 많은 분들의 도움을 받았다. 그 분들께 깊은 감사를 드린다. 특히 책 출간 취지를 이해하고 기꺼이 발간을 맡아주신 (주)보림에스앤피출판사 황연하 사장님께 감사를 드린다.

2012년 12월 선영제 씀

Chapter 행복한 인생경영
01

Chapter 02　바람직한 사람 관계

Chapter 03 진정한 리더가 되려면

Chapter 04 나라사랑 이야기

Chapter 05 제복과 함께한 세월

Interview

Chapter
01
행복한 인생경영

내 운명은 스스로
만들어 가는 것

　얼마 전 필자는 인기리에 방영 중인 퓨전사극 드라마 '주몽'을 즐겨 보곤 했다. 극중 주인공 일행이 소금을 구하기 위해 가던 중 비적들의 방해로 상황이 어렵게 되자 주인공 주몽이 비적들의 두목을 제거하기 위해 적진으로 들어가지만 붙잡힌다.

　이때 여주인공 소서노가 주몽을 구하기 위해 따라 들어가지만 역시 잡히고 만다. 그때 주몽이 위험에 처하게 될지도 모르는데 왜 왔냐고 묻자, "저는 왕자님께 제 운명을 걸었습니다."라고 말하며 비록 실패해 목숨을 잃게 된다 해도 아무 후회를 하지 않을 것이라고 말한다. 얼마나 멋진 마음의 표현인가. 적절한 비유가 될지 모르겠지만 필자는 드라마 속 한 장면에서 문득 우리의 운명에 대해 생각해 봤다. 운명이란 과연 무엇인가?

운명이란 태어날 때부터 타고나는 것인가, 아니면 스스로 만들어 가는 것인가. 일본의 '미즈노 남보쿠'는 200년 전 사람의 운명을 연구하기 위해 이발소에서 3년 동안 얼굴을, 목욕탕에서 3년 동안 벗은 몸을, 화장터에서 3년 동안 사람의 골격을 면밀히 연구한 후에 운명론의 대가가 됐다고 한다. 그는 "누구의 운명이든 절제를 통해 스스로 극복하고 고쳐 나갈 수 있다."고 했다. 물론 필자의 운명도 지금까지 스스로 만들어 온 결과라고 본다. 그렇지만 돌이켜 보면 아쉽고 미흡한 부분이 많았다. '좋은' 운명을 만들기 위한 최소한의 운명 결정 요인에 대해 다음과 같이 정리해 봤다.

첫째, 본인의 '성격'이 자신의 운명을 결정한다는 것이다. 성격이 곧 자신의 운명이다. 인간의 성격은 소질과 환경과 노력의 산물이다. 소질은 씨앗에, 환경은 밭에, 노력은 교육에 해당한다. 본인이 뜻을 세우고 좋은 성격 만들기에 집중한다면 바람직하지 않은 성격도 고칠 수 있다고 본다.

둘째, '습관'이다. 남을 대할 때 밝은 표정으로 항상 웃고, 친절히 하는 습관 등은 중요하다. 성인병은 식습관과 밀접한 관련이 있다. 외출에서 돌아와 손 씻는 것만으로도 질병의 60%는 예방할 수 있다고 하지 않는가. 좋은 습관은 좋은 운명을, 나쁜 습관은 나쁜 운명을 만든다.

셋째, '말'이다. 내가 말한 한 마디가 상대방을 적으로 만들기도 하고, 우군이 되게도 한다. 솔로몬은 "현명한 사람의 입은 가슴에 있고, 어리석은 사람의 마음은 입에 있다."고 했다. 지혜롭고 슬기로운 사람은 하고 싶은 말이 있어도 가슴에 담아 두지만, 어리석은 사람은 앞뒤 생각 없이 곧장 입으로 내뱉는다는 말이다. 말을 신중하게 해야 한다.

넷째, '사람 관계 관리 능력'이다. 어떻게 해야 상대방이 나를 좋아하고, 내 편이 되도록 만드느냐가 자신의 미래를 결정한다. 인맥의 형성과 유지가 그 사람의 힘이다.

다섯째, 자신의 '역량'이다. 자기 자신에 대한 투자, 자기의 부가가치를 높이는 노력이 자신의 장래를 결정한다. 차별화된 전문성과 경쟁력 그리고 개인 브랜드 가치를 높이는 데 온 정성을 쏟아야 한다. 사람은 누구나 자신이 쌓아 올린 역량에 따라 대우받고 대접받는다.

지금 이 순간에 하고 있는 모든 일이 자신의 운명을 만든다는 사실에 주목하자. 운명과 사주팔자도 자기가 만든다. 따라서 그 결과에 승복해야 한다. 자기 능력을 알고 분수에 맞는 생활에 만족하는 삶이 진정 행복한 삶일 것이다. 오늘도 좋은 운명을 만들기 위해 앞에서 말한 요인만에라도 자신의 시간과 정성을 쏟아보는 것이 어떨까 생각해 본다.

02
어떻게 살 것인가

　결실의 계절인 가을인가 싶더니 벌써 입동이 지났다. 푸르던 산야에 온통 단풍이 들고 나뭇잎을 하나둘 떨구기 시작하더니 어느새 겨울의 문턱을 넘었다. 우리네 인생살이가 자연의 섭리와 다를 바 없는 것을 뉘라서 모를까마는 새삼스레 허무감이 밀려오기도 한다.

　이런 계절에 필자 또한 지나온 인생을 되돌아보면서 지난날 부족했던 점들이 후회도 되고, 때로는 잘 알지 못해 실패한 일들로 새삼스레 안타까워지기도 한다. 그래서 삶의 의미 내지 젊어서는 바빠서 생각하지 않았던 것들, 여생을 어떻게 살아야 잘하는 것인가 하고 생각에 빠지곤 한다.

　불전에 이런 이야기가 있다. 옛날에 토끼 한 마리가 도토리나무

밑에서 낮잠을 자고 있었다. 잠이 막 들었는데 도토리 하나가 이마에 '딱' 떨어졌다. 잠결에 놀란 토끼는 "아, 무슨 변이 일어난 모양이다." 하고는 뛰기 시작했다. 그를 본 다른 토끼들도 무슨 큰일이 생긴 줄 알고 함께 뛰었다. 그러자 산중의 다른 짐승들도 그 모습을 보고 역시 덩달아 뛰었다는 일화에서 보듯이 어디를 향해 뛰는지, 왜, 무엇을 위해 뛰는지도 모르면서 남이 뛰니까 그저 덩달아 뛰고 있는 토끼와 짐승들의 모습에서 바로 우리 자신의 모습을 보기도 한다.

인생의 목적이 성공적으로 살고 행복을 추구하는 데 있다면 그렇게 되기 위한 어떤 공식이나 방법은 없을까? 특별한 비법이나 공식이 없을지라도 인생의 선배들이 앞서가면서 남긴 지혜와 세상의 이치, 인생의 원리나 법칙 등을 마음에 새긴다면 예측할 수 없는 앞길을 더듬어 가며 살고 있는 우리들에게 많은 도움이 될 것 같다.

성공적인 삶이란 무엇인가. 사람들은 각자 목적과 야망을 위해 정신없이 젊은 시절을 보낸다. 그리하여 먼 훗날 자기가 원하던 것을 이루고, 얻고, 그렇게 하여 행복해졌다면 더할 나위 없는 성공적 삶일 수 있다.

그러나 목적한 바를 크게 이루지 못했다 하더라도 최선을 다해 열심히 살았다면 그 인생도 성공한 인생이라고 말할 수 있다.

누군가는 인생을 곡선의 형태라고 말한다. 인생을 살다 보면 형편이 잘 풀릴 때도 있고 실의에 빠질 때도 있다.

사인커브나 코사인커브처럼 상승할 때와 정상에 오르는가 하면 내리막길을 가다가 침체기에 빠질 때도 있다.

형편이 좋을수록 겸손하고, 불리할 때라도 실망하지 말고 다시 다가올 기회에 대비해야 한다.

또한 사람은 살아가면서 항상 사랑과 감사할 줄 알아야 한다. 사랑에 대해 수많은 언급이나 정의가 있지만 영어 'Love'의 의미를 풀어보면 L(Listen)은 상대방의 말을 경청하는 것이요, O(Overlook)는 상대방의 결점을 덮어주는 것이며, V(Voice)는 상대를 격려하고 칭찬하는 것이고, E(Effort)는 상대를 위해 헌신·봉사·노력한다는 개념이다.

이렇게 사랑이란 아름답기만 한 것이 아니라 많은 인내와 노력을 필요로 하는 것이다. 그리고 크고 작은 일에 반드시 감사할 줄 알아야 한다. 고맙다는 인사 한마디, 전화 한 통, 편지 등을 통해 감사의 뜻을 전하면 세상은 훨씬 포근하고 따뜻해질 것이다. 인간이 성공하고 행복하게 되는 길은 성공적인 인간관계의 유지에 있다는 것이다.

사람의 사회적 성공과 실패는 절대적으로 인간관계에 있다. 즉 한 사람의 성공적인 삶은, 기술이나 능력은 15%에 불과하지만 85%가 인간관계에 있다고 인간관계 전문가들은 이야기하고 있다.

또 미국에서 '미국인의 꿈'이 무엇인가를 조사한 결과 행복한 부부관계가 80%, 행복한 인간관계가 85%였다고 하지 않는가.

이토록 중요한 인간관계를 증진시키기 위해 그 방법에 관해 공부하고 연구해 실천에 옮긴다면 원만한 인간관계를 유지하며 인생을 살아갈 수 있을 것이다.

　인간관계를 개선하기 위해서는 남에게 대접받고자 하는 만큼 남을 대접한다든지, 타인의 장점을 높이 평가하고 칭찬하는 것, 도움을 베풀고 예의 바른 언어를 사용하며 타인의 장점을 배우려고 노력한다면 인간관계 향상에 다소 도움이 되지 않을까 생각한다.

　앞에서 말한 사항만이라도 항상 염두에 두고 실천한다면 이것이 바로 후회하지 않는 삶, 지혜로운 인생, 성공적이고 행복한 인생을 사는 길이 되지 않을까.

지혜로운 삶을 사는 법

누구나 이 치열한 세상 속에서 역경을 헤치고 원하는 바를 얻기 위해 지혜로운 사람이 되기를 원할 것이다. 그러나 지혜란 것은 지식이 많거나 혹은 오랜 세월을 살았다고 해서 반드시 얻어지는 것은 아니다. 그렇다면 어떻게 모두가 원하는 지혜로운 삶을 살 수 있을까. 누구도 명쾌하게 정답을 말해 줄 수는 없겠지만 그래도 먼저 살다간 성인(聖人)이나 현자(賢者)들 혹은 현재 성공적으로 인생을 꾸려가고 있는 사람들의 삶에서 지혜를 배우고, 그 특성을 닮으려 노력한다면 조금은 도움이 될 것이다. 삶의 지혜는 보는 시각, 보는 사람에 따라 차이가 있겠지만, 선각자(先覺者)들의 말씀과 필자의 경험을 바탕으로 평범한 삶의 지혜들을 정리해 본다.

하나, '좋은 사람, 좋은 책을 만나라' 그러면 인생이 달라질 것이다. 사람의 운명은 만남에 의해 결정된다. 훌륭한 배우자, 좋은 스승, 좋은 친구 등을 얻는 것이 큰 재산을 얻는 것보다 훨씬 값지다. 평생의 문제이기 때문이다.

둘, '공감적 경청을 해라' 대부분의 사람은 자신의 이야기를 끝까지 들어주는 사람을 좋아하지 결코 자기 이야기만 늘어놓는 사람을 좋아하지 않는다. 경청 80%, 말하기 20% 룰을 지키면 좋으며, 이때 말하기는 질문 위주로 간단명료하게 하는 것이 더 효과적이다.

셋, '약속은 반드시 지켜서 신뢰를 만들어라' 약속한 일은 반드시 지켜야 한다. 신용을 저버리는 것은 결국 스스로 무덤을 파는 것이다.

넷, '상대방을 이해하고 배려하며 존중하라' 상대방 처지에서 서로 다른 점을 이해하고 수용하며, 따뜻한 관심과 배려로 상대방을 존중해 줄 때 좋은 관계가 지속될 수 있다.

다섯, '밝고 부드러운 표정, 환한 미소, 자신감 있는 태도를 가져라' 그러면 호감을 가져다 줄 것이다.

여섯, '대우받고 싶은 대로 상대방을 먼저 대접하라' 세상에 공짜는 없다. 먼저 대접하라! 그러면 뿌린 대로 거두게 될 것이다.

일곱, '상생관계를 유지하라' 너는 죽고 나만이 사는 길은 멸망의 길이다. 상생의 길을 찾아 행하라.

여덟, '항상 겸손하고 매사에 감사하라' 겸손하면 당신의 요구가 이뤄진다. 숨 쉬고 있음에 감사하고, 걸어 다닐 수 있음에 감사하라.

아홉, '자기 분수를 알고 가진 것에 만족하는 삶이 행복하다' 분수를 모르는 과욕은 반드시 화(禍)를 부른다. 자기 능력과 분수를 알고 가진 것에 만족하면 행복해진다.

열, '상대방의 허물을 덮어 주고, 원하는 것을 찾아 해결해 주라' 그러면 확실한 우군이 될 것이다. 허물을 덮어주고 장점을 찾아 칭찬해 주면 그는 스스로 움직인다.

열하나, '참는 자에 복이 온다' 다정하던 우정의 관계가, 천생연분으로 만난 부부가 그 순간을 참지 못해 평생 후회하며 사는 사람들을 주변에서 흔히 본다. 참을 수 있는 데까지 참고 살았을 때 복은 반드시 온다.

열둘, '웃음과 유머감각을 가져라' 웃는 사람은 웃지 않는 사람보다 더 오래 산다고 한다. 우리는 행복하기 때문에 웃는 것이 아니라 웃기 때문에 행복한 것이다.

인생을 살아가면서 앞서 말한 사항들만이라도 행동으로 실천할 수 있다면 모두가 원하는 지혜로운 삶에 몇 걸음 더 다가설 수 있을 것이다. 위의 '삶의 지혜 12계명' 처럼 모두가 자기만의 룰을 만들고 실천해보기를 기대한다.

삶의 질 향상을 위하여

‘흥부가’에 이런 대목이 나온다. 흥부의 집 단칸방에 누워 기지개를 켜면 상투머리는 토방 밖으로 나가고 발목은 뒤란에 나가 있다. 극심한 가난의 상징이었던 흥부네집 정경이다. 이런 흥부네가 보은(報恩) 박씨로 인해 천간몸채에 백간별당·사면행랑을 지닌 저택을 소유한다. 복권당첨으로 벼락부자가 돼 물질적 삶이 엄청나게 업그레이드 된, 그야말로 옛날이야기다.

인간의 행복여건인 삶의 질 향상은 국가 경제 발전의 지표인 1인당 국민총생산(GNP) 같은 지수로 많이 표현되지만 하루하루의 생활 속에서 크게 불편하지 않고 편안함·안락함을 자주 느낄 수 있을 때 최소한의 삶의 질을 누리고 있다고 생각한다. 이때 필수적인 여건의 한 부분은 깨끗한 환경, 안락하고 편안한 주거환경 및 휴식 공간일 것이다.

필자가 참모차장 시절 미군 장병의 복지 문제로 한국을 방문한 미 육군참모차장을 접견한 적이 있었다. 그는 미군들의 숙소가 노후하고 낙후돼 미군 장병들이 한국 근무를 기피하고 있으므로 주거시설을 개선시키고자 방문했다고 말했고, 대화를 통해 미군이 자국군의 처우에 많은 관심과 배려를 갖고 있음을 새삼 알게 됐다.

최근 용산기지 이전문제와 관련, 한·미 간의 이견이 있었던 것도 병영 운영 개념상의 차이 때문이었다. 선진국들은 군인들에게 영내의 관사를 비롯하여, 자녀교육문제 의료문제 등 복지시설을 완비해 줌으로써 그들이 국가에 봉사하도록 하고 있다. 세계 모든 나라 에서도 군인들에 대한 처우는 그 나라의 경제수준을 고려, 최소한 평균적 수준의 대등한 대우를 해 주려고 노력하고 있다.

우리 군도 때늦은 감이 있으나 정부와 국방부가 많은 관심을 갖기 시작했다. 병사 내무실은 소대단위 침상 형에서 분대단위 침대 형으로 개선하고 군간부 숙소도 2000년부터 3년에 걸쳐 많은 예산을 투자해 협소하고 노후한 관사를 많이 개선했으며, 이를 지속적으로 추진하기 위해 2004년부터 5년간에 걸친 중기계획을 수립하고 있다.

독신자 숙소도 1실 2~3명에서 1실 1명으로 개선해 사생활을 보장해 주려고 하고 있다. 앞으로 많은 장병이 혜택을 받으리라 믿는다. 그럼에도 불구하고 이런 사업은 워낙 막대한 예산과 오랜 기간을 요하는 만큼 금방 달라지는 모습과 혜택을 피부로 느끼기는 어렵다고 생각한다.

필자는 오래 전에 군복무를 함께한 전우를 만난 적이 있는데 최근 장교임관 후 동부 전선에서 근무하는 아들 내외를 방문했다고 한다. 자랑스러운 마음으로 찾아간 아들의 숙소는 낙후되고 노후해 생활이 불편해 보여 너무 가슴이 아팠다고 한다. 이런 환경이라면 어떻게 자랑스러운 장교라고 자부심을 가질 수 있으며 어떤 사람이 아들과 결혼하려 하겠느냐는 말을 듣고 군의 사정을 잘 알고 있는 필자지만 미안하고 마음이 무거웠다.

대부분의 지휘관들이 이 문제로 노심초사하고 있지만 시설 노후와 예산 등으로 애로사항이 많을 것이다. 군에서 하고 있는 사업시행 완료기간이 긴 만큼 그동안이라도 낙후되고 노후한 시설을 지휘관들 스스로 관리에 무슨 문제가 있는지, 어떻게 최소한의 환경이라도 만들어 줄 것인가에 대해 다 같이 고민하고 살펴야 할 것이다. 물론 입주하고 있는 사람들 스스로의 노력과 최소한의 투자, 좀 더 나은 여건을 만들어 다음 전우에게 넘겨주겠다는 주인의식도 필요하다고 본다.

그와 더불어 정신적인 삶의 질 향상도 중요한 부분이다. 따라서 삶의 질을 높여 주기 위한 관심과 노력이 그 어느 때보다 절실하다고 하겠다.

먼저 현재 하고 있는 일을 통해 성공적인 임무수행은 물론 조직 발전에 기여케 함으로써 군 생활에 보람을 느끼게 만들어 주는 것이다. 인정해 주고 격려하며 존중해 주는 것이야말로 삶의 질을 크게 높일 수 있다.

다음은 생활수준과 생활여건에 관심을 보이는 일이다. 불필요한 시간낭비 요인을 제거, 병사의 기본권은 물론 간부의 기본권도 보장해 줌으로써 생활여건을 개선시켜 주고 복무만족도를 높여 주어 군 복무기간이 인생에 유익하고 도움이 되도록 해 준다면 생활의 질은 크게 향상될 것이다.

마지막으로 군인은 생명을 담보로 하는 직업이요, 군대는 충성을 최우선으로 하는 집단이다. 국가가 위기에 처했을 때 단 하나뿐인 목숨을 바쳐서라도 나라를 지켜야 하는 집단이다. 이에 국가와 국민들도 아낌없는 격려와 성원으로 상응한 대접과 대우를 해 주어야 한다.

이러한 삶의 질 향상과 더불어 허황된 흥부의 저택도 아니고, 과장된 누옥(陋屋)도 아닌 그저 부끄럽지 않은 만큼의 가시적인 삶의 질 향상을 기대해 본다. 그래야 군의 자긍심과 사기 또한 높아지지 않을까 생각한다.

생활의 여유

　우리가 살고 있는 21세기는 디지털 시대요, 정보의 시대이자 속도의 시대다. 너도 나도 너무나 바쁘게 살고 있다. 아침 일찍 출근해 늦은 밤에 퇴근하는 젊은이들을 보면서 우리가 젊었던 시절보다 더욱 바쁘고 힘든 것 같아 측은한 마음이 들기도 한다. 심지어 유치원에 다니는 어린아이들조차 조기교육 영향으로 바쁘게 생활한다고 한다. 바쁜 일상에 쫓기다 보면 각박한 삶 속에서 여유를 갖기란 좀처럼 힘들다.

　삶의 여유를 제대로 갖자고 하면 해외여행은 못하더라도 휴가를 활용하여 가까운 휴양지를 찾아 아름다운 풍광과 접하며 심신의 피로를 풀거나, 깊은 산사를 찾아 은은한 전통차 한 잔을 나누며 삶을 음미하는 시간을 갖는 여유도 있을 것이다. 그러나 바쁜 현대인이 어찌 자주 이런 여유를 찾겠는가. 이럴 때 옆 사람이 건네주는 따뜻한 차 한 잔, 유머 한마디는 피곤하고 답답한 마음이나 일에 쫓기던 긴장감에서 해방되는 기분을 들게 하고 잠시의 여유를 부릴 수 있는 여지를 갖게 한다.

필자는 일상생활에서 유머가 미치는 영향에 대해 이야기하고자 한다. 주변에 유머러스한 사람과 같이 근무하거나 생활하다 보면 잠시라도 긴장을 풀고 즐겁게 생활할 수 있는 행운을 누리게 된다. 필자가 그것을 행운이라고까지 말하는 것은 순간순간의 웃음은 건강을 선사하는 보약이기 때문이다.

모두에게 거북하지 않고 부담이 없는 건강한 유머, 명쾌한 조크, 밝은 웃음, 이런 재능을 가진 사람이야말로 모두에게 사랑 받는, 햇볕 같은 사람이다. 그런데 이런 사람들은 천부적인 유머 감각과 재치와 기지가 남다른 것 같다. 또한 소질도 있는 것 같다. 그러나 그런 소질이나 재치까지는 없더라도 노력 여하에 따라 주변의 재미있는 이야기를 생활에서 활용하다 보면 주변의 시선을 모으기도 하고, 또 사람들에게 즐거움과 잠시의 여유를 선물할 수 있는 사람이 될 것이다.

필자도 초청강연을 하거나 학생들에게 강의를 시작하기 전에 분위기가 어수선하거나 표정이 굳어 있으면 간단한 유머로 시작한다.

그러다 보면 자연스럽게 주의력이 집중되고 한바탕 웃고 나면 수업 분위기가 좋아지는 것을 여러 번 경험했다.

또 필자가 군 지휘관 시절 점심시간 후에 간부들과 돌아가면서 유머를 한 가지씩 하기로 해 즐겁게 웃곤 했는데 처음에는 잘하는 사람도 있었으나 평소에 말이 적은 사람은 멋쩍어 했다. 시간이 지나면서 모두가 재미있어 하고 또 어설프게 하는 유머 때문에 폭소가 터지곤 했다. 시간이 흐르면서 그중에는 쑥스러워하거나 부담스러워하던 사람도 아주 자연스럽고 스스럼없이 이야기하는 것을 보고 재미있는 말을 전달하는 연습만으로도 남에게 즐거움을 주는 사람이 될 수 있다는 자신감을 심어주는 계기가 되지 않았나 생각한다.

미국에서는 1990년대 초부터 유머 경영이 붐을 일으켜 유럽 지역까지 전파됐는데 새로운 경영 트렌드로 자리 잡아 가고 있다. 유머 경영이란 직원들이 유머 훈련을 받도록 함으로써 직장 내 분위기를 활성화하는 전략이다.

미국의 사우스웨스트 항공사가 이를 통해 급속한 성장을 이루면서 창의성이 요구되는 21세기형 경영전략의 하나로 주목받고 있다. 또한 건강 증진에도 크게 도움이 된다는 연구 발표가 있는데 우리 몸에는 650여 개의 근육이 있고 유쾌하게 웃을 때 얼굴에 있는 80여 개의 근육을 포함한 231개의 몸 근육이 움직인다고 한다. 이처럼 근육운동의 결과로 많이 웃다 보면 허리가 끊어진다고도 하고 너무

웃어 배가 고프다고도 하는 엄살이 공연한 이야기가 아님을 알 수 있다. 또한 크게 웃는 웃음 한 번이 에어로빅 5분 한 것과 같은 효과가 있다고도 한다.

스위스의 어느 산속에 웃음병원이 있는데 이 병원은 약으로 치료하는 것이 아니고 웃음으로 치료를 하는 곳이어서 가망이 없다고 의사들이 포기한 환자들 중 다수가 건강을 찾아 가정으로 돌아가는 곳으로 소문이 나 있다. 이처럼 웃음이 건강증진에 크게 도움이 된다는 이야기다.

이렇게 좋은 웃음을 이끌어내는 유머는 교육 · 훈련과 노력 여하에 따라 내 것으로 만들 수 있다. 또 가벼운 유머는 잃어버린 가족 간의 대화의 실마리가 될 수 있고, 삭막한 직장 내에서 화합과 인화의 촉진제가 될 수 있으며, 서먹한 만남이나 초면인 사람까지 금방 친근해지게 하는 묘약이기도 하다. 현대의학이 고치지 못하는 병도 다스리지 않는가.

우리 병영에서도 어렵고 엄한 상관이나 선임병이기에 앞서 한 번씩 위트 있는 유머로 긴장감을 풀어 줄 수 있는 너그러운 상사가 많이 나온다면 부하는 상관에게 한 걸음 다가서서 이야기 할 수 있고, 더불어 칭찬이나 장점을 한 가지쯤 곁들여 이야기해 준다면 이러한 것들이 전 부대로 전파돼 더욱 활기차고 즐거운 병영이 되지 않을까.

사람은 즐거워서 웃는다기보다 웃다 보면 즐거워진다. 우리나라 속담에 '웃으면 가정에 복이 찾아온다.'고 했다. 또한 어려운 처지에서도 웃음을 잃지 않는 태도는 마음의 여유에서 기인하며, 이러한 마음의 여유는 바로 인격의 멋으로 풍겨나게 된다. 우리는 바쁜 가운데서도 유머지수(HQ:Humor Quotient)를 높이고 삶의 여유와 마음의 여유를 가져야 한다. 아울러 조직 구성원들에게 분위기를 유연하고 부드럽게 만들어 자발적으로 조직목표를 달성하도록 유도해야 하지 않을까 생각해 본다.

06

사랑과 보답

몇 년 전인가 필자는 '헨리 5세'라는 명화를 감명 깊게 본 적이 있다. 영국 왕실과 프랑스 왕실 간의 패권전쟁이 줄거리로 프랑스 정벌에 나선 헨리 5세의 이야기다. 부하들의 군 기강을 세우는 데는 엄격하고 용서가 없는 그였지만 왕임에도 불구하고 열악한 전장에서 부하들과 똑같이 어려움을 겪으며 사랑을 보여주고 격려함으로써 부하들이 사기충천하게 만들어 프랑스 대군을 완패시켜 자신의 목적을 달성했다는 이야기다.

특히 비가 쏟아지는 결전 전야에 우의를 입고 다른 사람으로 위장해 부하들의 속마음을 살펴보고 용기를 잃지 않게 격려하는 장면, 또한 그들에게 자부심을 심어 주던 명연설…. 참으로 인상적이었다.

동서고금을 막론하고 거창하게는 위와 같은 이야기에서부터 작게는 개인과 개인의 이야기까지 노력하고 정성을 기울여야만 더 큰 수확을 얻을 수 있다는 인생의 진리를 생각하며 필자의 연대장 시절 경험을 적어 보려 한다.

필자가 근무하던 GOP는 대성산과 적근산을 끼고 있는 험한 곳으로 당시 무장공비 침투에 지휘관심을 많이 두었고 험한 지형으로 차량사고가 잦은 곳이었다. 그래서 운전하는 어린 병사들의 부담과 불안감 또한 지휘관 못지않았을 것으로 생각된다.

특히 겨울철에는 눈이 많이 내리고 장마철이면 비포장도로인 GOP는 산절개지에서 불시에 흙이 흘러내려 사고위험이 복병처럼 도사리고 있는 곳이었다. 병력을 실어 나를 때에는 대형사고 위험에 항상 노출돼 있었다.

이러한 상황에서 운전병들에게 많은 관심을 쏟아야겠다고 생각한 필자는 귀대시간이 불규칙한 운전병들을 위해 민간인 위문단을 유치하여 전기밥솥을 지급했으며 또한 소모품인 면장갑·정비복 등을 충분히 지급하도록 노력했다. 겨울철에는 손등이 갈라지는 그들에게 핸드크림을 지급해 사소한 것이지만 관심을 보여 주고 근무환경이 조금이라도 더 개선될 수 있도록 했다.

필자는 한밤에 수송부에 가보곤 했는데 늦은 밤에도 언 손을

녹이며 차량을 정비하는 병사들에게 부대의 안전이 그들에게 달렸다는 자부심도 심어 주고 그들을 믿는다는 지휘관의 신뢰감을 전했다.

또한 운전병의 날을 활성화해 그들이 즐기고 휴식할 수 있는 시간도 만들어 주었다. 간부들 또한 혼신의 힘을 쏟아 그들을 돌보고 뒷바라지했다. 이러한 결과 병사들은 자신의 일에 최선을 다해 무사고라는 선물을 부대에 가져다 주었다. 그때의 경험을 통해 대단한 것은 아니지만 병사를 사랑하는 마음에서 나온 깊은 관심과 따뜻한 격려가 그들에게는 큰 위로와 활력소가 된다는 것을 새삼 깨닫게 됐다.

필자는 사람이 살아가는 동안 어떤 일을 이루려면 요행으로 되는 일은 없다고 말하곤 했는데 사람들이 이런 평범한 진리를 늘 잊지 않고 노력한다면 이루지 못할 것은 없다고 본다.

세잎클로버,
그 행복의 비밀

　나폴레옹 보나파르트, 그는 한창 치열한 전투 도중 우연히 자신이 타고 있는 말의 발밑에서 이파리 넉 장이 달린 클로버를 발견한다. 신기하게 여겨 더 자세히 보려고 몸을 수그리는 순간 그의 몸 뒤로 총알 한 발이 스쳐 지나갔고, 그 뒤로 네잎클로버는 행운의 상징이 돼버렸다. 많은 사람이 아는 이야기 일 것이다. 하지만 우리가 흔히 지나치는 세잎클로버가 무엇을 상징하는지 여전히 아는 사람은 많지 않다.

　세잎클로버, 그 말뜻은 바로 '행복' 이다. 사향노루는 자기 몸에서 사향 냄새가 나는 줄도 모르고 평생 그 향기를 찾아다니다가

죽는다고 한다. 또 유명한 소설 '파랑새'에서 주인공은 파랑새를 찾아 험난한 여정을 거치지만 결국 자신의 행복을 위해 그토록 찾아 헤매던 파랑새는 바로 자신의 집 새장 속에 있음을 알게 된다. 오랜 시간, 전 세계적으로 같은 교훈을 담고 내려오는 서로 다른 많은 이야기. 행복이란 꼭 먼 곳에서 어렵게만 찾는 것이 아니라 우리 주변 바로 가까이에 있다는 바로 그 이야기다.

이제 우리 대한민국은 1인당 GDP 2만 달러로 전 세계 경제규모 10위권으로 성장했다. 얼마 전부터 '이제 한국인은 행복할 자격이 있다'는 여론이 화두다. 최근 국내 한 여론조사에선 '지금 매우 행복하냐'는 질문에 '그렇다'고 답변한 사람이 불과 7.1%였다고 한다(2010년 12월 한국 갤럽). 우리나라의 행복지수 순위는 178개 국 중 102위(2006년)다. 우리 국민은 지금 행복하다고 생각하는 사람보다 불행하다고 생각하는 사람이 훨씬 더 많은 것이다.

그렇다면 우리는 어떻게 행복해 질 수 있을까. 물론 행복의 기준은 사람마다 다른 주관적 요소여서 그 정답은 없겠으나 앞서도 언급했듯 주변에 있는 행복을 스쳐 지나가지 않고 찾아서 챙기는 것이 그 방법이 아닌가 싶다. 그러기 위해서는 어떻게 해야 할까.

먼저 가장 가까이 있는 사람들과 잘 지내야 한다. 그들은 당신의 아내요, 남편이며, 자식이다. 행복이란 무엇보다 바로 좋아하는 사람들과 즐거운 시간을 갖는 것이다.

다음은 분수를 알고 만족하며 매사에 감사하라. 행복은 소유에 있지 않고 만족에 있으며, 또한 감사함이 그 행복의 첫걸음이다. 유대인의 탈무드에도 '세상에서 가장 지혜로운 사람은 배우는 사람이고, 세상에서 가장 행복한 사람은 감사하면서 사는 사람'이라고 했다.

마지막으로 서로를 행복하게 해 주는 말로 표현하며, 항상 먼저 웃어 주자. 서로 '괜찮아요' '그럴 수도 있지요' 등과 같은 말만 잘 써도 또는 상대방과 조건 없는 웃음을 주고받을 때 우리는 행복해 질 수 있다.

"인간은 자기가 결심한 것만큼 행복해질 수 있다."고 링컨이 말한 것처럼 행복은 나 자신이 스스로 만드는 것이다. 행복이란 세잎클로버처럼 실상 우리 주변에서 어렵지 않게 찾을 수 있지만 우리는 매 순간 뜬구름만 잡으며 시간을 허비하고 있다. 자, 이제부터라도 행복을 찾는 눈을 갖고 이 순간 행복을 느꼈으면 한다.

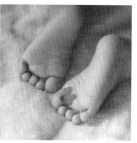
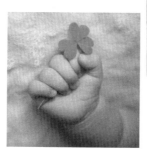

'때문에' 대신 '덕분에' 라고 말하자

필자는 얼마 전 어느 학술세미나에 참석했을 때 한국에서 근무하고 있는 외국인 기자를 만난 적이 있었다. 그때 "한국에서 기자생활이 어떻습니까?"라고 묻자, 그는 "한국은 뉴스가 넘쳐나는 곳이지요. 그래서 바쁘지만 재미있게 지내고 있습니다."라고 하면서 한국의 각종 현안들에 대한 높은 식견을 보여 필자가 놀란 적이 있었다.

국내 · 외 정세는 어느 것 하나 만만한 게 없는 위기임에 분명하다. 그러나 황금 돼지의 해인 2007년을 맞아 우리는 이러한 어려운 여건과 환경 속에서도 희망의 불씨를 지펴야 한다. 결코 좌절하거나 주저앉을 수만은 없다. 그래서 여기에서는 모든 사람의 희망을 실현하기 위한 방법 중 하나로 긍정의 힘에 대해 이야기하고자 한다.

일찍이 일본 재계(財界)의 신(神)이라 불리는 마쓰시타 고노스케는 "'가난' 덕분에 평생 근검절약해 부자가 됐다. '배우지 못한 것' 덕분에 평생 배움에 열정을 쏟았다. '몸이 약한 것' 덕분에 평생 조심해 95세까지 장수했다"고 말했다. 이분은 '때문에'라고 핑계대거나 책임을 타인에게 떠넘기지 않았으며 부정적 태도와 자세에서 벗어나 자기 자신에서 문제를 찾아 긍정적으로 수용하고, 이를 극복하는 자세를 취했던 사람이다.

필자 또한 군 복무 시절에 맡은 바 업무에 최선을 다했으나 그에 상응하는 평가를 받지 못했다는 생각이 들었다. '일 따로 상 따로'라는 부정적 사고에 휩싸여 적지 않은 시간을 고민과 번뇌에 빠져 보내곤 했다. 그러나 어느 순간 그러한 결과들이 특정한 누구 때문이 아닌 나 자신에 문제가 있다는 생각을 하게 됐다. 이후 업무를 수행함에 있어 주위를 둘러보며 탓하기보다 나 스스로 최선을 다해 완성도를 높이려 노력하고 만족하는 것에 목표를 두자고 다짐했다. 그런데 신기한 것은 그렇게 사고의 전환을 하고 난 후 예전에는 없었던 마음의 평온과 일에 대한 열정과 자신감을 얻을 수 있게 되었다는 사실이다.

그렇다. 문제는 어떻게 생각하느냐, 어느 관점에서 보느냐가 무엇보다 중요하다. 마음만 바꿀 수 있다면 상황은 얼마든지 언제든지 역전될 수 있는 것이다. 생각이 바뀌면 언어가 바뀌고 행동이 바뀌고, 따라서 습관이 바뀌며 최종에는 그 운명이 바뀐다고 하지 않던가. 우리는 이제부터라도 작은 것에 감사하고 매사를 긍정적으로 보는 눈을 떠야 한다. 긍정의 가치는 항상 뭔가를 이룬다. 따라서 우리 모두는 긍정을 선택하고, 기쁨을 선택해야 한다. 크고 작은 어려움이 우리 앞에 다가온다 하더라도 결코 좌절하지 말고 긍정적인 태도와 자세로 행동에 옮길 수 있을 때 희망찬 미래를 만들어 갈 수 있을 것이다.

새해를 맞는 이 순간부터 본인 스스로에게 다음과 같이 주문을 걸어 보자. 매사를 '때문에'라고 핑계대거나 책임을 남에게 떠넘기지 않을 것이며, 대신 '덕분에'라고 긍정적으로 수용해 생각하고 말하겠다고 말이다. 이것이야말로 오늘보다 나은 내일을 분명하게 보장받을 수 있도록 하는 원동력이다.

Chapter
02
바람직한
사람 관계

사람 **관계**가
운명을 좌우한다

누구나 태어나면서부터 사람들 속에서 살아가지만 그 관계에 있어 완전한 사람은 아무도 없을 것이다. 사람들은 그 관계 때문에 기뻐하거나 슬퍼하기도 하고 때로는 희망에 차기도 하고 좌절하기도 한다. 이렇듯 우리는 누군가와 더불어 살 수밖에 없는 존재이지만, 사람관계에 의해 상처투성이가 된 사람들은 주위에 참으로 많다. 가정, 직장, 사회에 이르기까지 그 어떤 관계에서도 예외 없이 그러하다. 그 상처들은 다시 사람으로부터 치유 받아야 아물 수 있겠지만, 세월이 흐를수록 더욱 더 복잡하고 어려워지는 사람 관계 속에서 그리 쉽지 만은 않은 것 같다.

미국의 카네기 멜론대에서 '인생을 실패하는 이유'를 조사한 적이 있었는데, 응답자의 15%만이 "전문적인 기술이나 지식이 부족했기 때문"이라고 답했고, 나머지 85%는 "사람 관계를 잘못했기 때문"이라고 했다. 그렇다면 사람 관계를 어떻게 하면 원만하고 성공적으로 이끌 수 있을까.

첫째, 나 자신에 대한 자기성찰이다. 사람 관계에 관한 모든 문제는 언제나 자기 자신으로부터 야기되고, 문제해결의 열쇠 또한 자기 자신에게 있음을 알아야 한다. 따라서 그 원인을 자신에게서 찾아야 하며, 문제의식을 갖고 해결책을 찾아 구체적으로 실천해야 한다.

둘째, 상대에 대한 배려다. 타인을 생각하는 마음을 가져 주고, 남에게 대접받고자 하는 대로 당신도 남을 대접하라. 그와 같은 마음으로 타인에 대한 깊은 관심을 기울일 때 좋은 사람 관계를 맺을 수 있다.

셋째, 좋은 만남을 만들어야 한다. 톨스토이가 말했듯 '좋은 사람을 만나거나, 좋은 책을 접하는 것'이 성공과 행복을 보장하는 중요 동력이다. 사람의 운명은 배우자, 친구, 스승, 직장 동료 등의 만남에 의해 결정된다. 항상 좋은 사람과의 선택적 만남을 유념해 보자.

넷째, 인적 네트워크에 대한 체계적 구축과 관리다. 우리는 직장에서의 동료, 상사, 부하와의 '직업적 네트워크', 친목도모나 자기계발 등 '사적 네트워크', 미래의 큰 그림을 완성하는 데 필수적인 '전략적 네트워크'를 동시에 갖고 관리해야 한다. 직장에서는 '깊이'를 , 사적인 교류에서는 '다양성'을 그리고 전략적인 인맥 구축에서는 '적절한 균형'을 추구해 인맥을 만들고 유지해야 한다.

다섯째, 일과 사람 관계의 비중에 대한 효율적 관리다. 20대는 인생에 주춧돌을 놓는 시기로 일의 전문성과 능력 향상에 비중을 좀 더 두어 일과 사람관계의 비중을 80:20으로, 또 인생의 무게가 가볍지도 무겁지도 않은 30대에는 50:50으로, 인생의 완성 단계인 40대 이후에는 15:85의 비중을 둘 때 좀 더 성공적이고 효율적인 사람 관계를 만들 수 있다.

참다운 의미에서의 사람 관계는 속임수나 교묘히 다루려는 농간을 의미하는 것은 아니며, 어떤 목적을 위한 응급조치도 만병통치약도 아니다. 인생을 성공적으로 살고, 행복해지기를 원한다면 사람관계가 자기의 운명을 좌우한다는 사실을 명심하고 그 개선방안들을 찾아 적극적으로 실천해야 한다. 이 불변의 진실을 깨닫는 순간 당신의 인생은 전환점을 맞게 될 것이다.

10

신뢰는 사람 **관계**의
알파요 오메가다

　필자가 중대장 시절 함께했던 소대장들과 부부동반 모임을 해
오던 중 얼마 전에, 당시 중대 병사 한 명이 가족과 함께 합류했었다.
어렵고 힘들었던 일, 보람 있었던 일, 가려졌던 에피소드 등 이야기를
나누며 시간 가는 줄 몰랐다. 헤어진 후 돌아오면서 중대장 시절
있었던 벙커 공사와 신뢰에 관한 생각이 떠올랐다.

　강원도의 높은 고지에 벙커 신축공사를 하고 있을 때, 제일 어려운
문제가 골재를 고지로 운반하는 일이었다. 그래서 소대 단위로 골재
운반 목표를 제시하고 "목표를 달성한 소대는 끝나는 날부터
주말까지 특별휴무를 보장하겠다."고 약속했다. 뒤로 중대원들

사이에 "말로는 무슨 말을 못해. 적당히 하자." 등의 웅성거림이 있었지만 못 들은 척하고, 실제 목표를 달성한 소대는 약속한 바와 같이 그날로 휴무를 줬다. 처음에는 반신반의하던 중대원들이 점차 약속을 믿기 시작했고, 우리 중대는 점차 하나가 될 수 있었다.

후쿠야마(Fukuyama, 1995)는 그의 저서 'Trust(신뢰)'에서 신뢰는 사회의 성장과 번영의 원동력이고 지속적인 성장과 번영은 그 사회가 축적한 신뢰에 좌우된다고 말하면서, 신뢰는 사회적 자본이고 경쟁력이라고 말했다.

그러나 그는 애석하게도 중국·프랑스·이탈리아와 함께 한국을 저(低)신뢰 국가군으로 분류했다. 여기에서 우리는 신뢰의 중요성과 신뢰 수준에 대해 생각해 볼 필요성을 느낀다. 사람 관계도, 리더십도 바로 신뢰로부터 출발한다. 신뢰 없이 결코 부대를 제대로 지휘할 수 없는 것이며, '함께라면 무엇이든 할 수 있겠다.'는 믿음을 심어 줄 때 비로소 크고 작은 일들을 이룰 수 있는 것이다.

그렇다면 어떻게 하면 신뢰를 증진시킬 수 있을까.

첫째, 약속은 반드시 지키는 일이다. 스스로 실행하지 못할 일은 처음부터 약속하지 마라. 그러나 한 번 약속한 일은 꼭 지켜야 한다. 언행일치가 바로 기본 중의 기본이다.

둘째, 일관성을 유지하는 것이다. 사람을 대할 때 일관성을 지니면 관계가 투명해지고, 편하게 대할 수 있다. 사람들은 언제 어떤 상황에서나 한결같은 사람을 좋아한다.

셋째, 정직하고 원칙을 지켜야 한다. 우직하고 느리게 보여도 정직만이 최선이고 가장 빠른 길이다. 실패는 용납돼도 거짓은 용납되지 않는다. 또 원칙이 없으면 신뢰가 없어지고 경직된다. 원칙이 있으면 오히려 유연해지고 신뢰는 커지는 법이다.

넷째, 도덕적·윤리적으로 깨끗해야 한다. 전문적 지식, 세련된 말투, 예측력 등 아무리 능력이 뛰어나다 해도 도덕적이나 윤리적으로 문제가 있을 때에 신뢰는 결코 얻을 수 없다.

다섯째, 커뮤니케이션 방법과 상대에 대한 배려, 공동체 활동에 대한 적극적인 참여 등은 신뢰를 증진시키는 요인이 된다.

건전한 사람 관계는 나와 상대에 대한 신뢰에서 출발한다는 사실을 명심하자. 신뢰할 때 인간은 최선을 다하는 법이며, 신뢰는 일종의 습관이다. 자기 부하로부터 신뢰를 받고 있는 리더는 부하들의 자발적 몰입과 헌신을 얻어 낼 수 있어, 조직의 성과를 한 차원 더 높일 수 있다. 부대를 지휘, 관리하고 있는 지휘관과 참모는 과연 부하로부터 얼마나 신뢰받고 있는지 자문해 보고, 소홀함은 없는지 다시 한 번 되짚어 보자. 신뢰 없이는 아무것도 이룰 수 없다. 그래서 신뢰는 사람 관계나 리더십에서 가장 기본이 되는 알파요 오메가인 것이다.

공감적 경청을 하자

현(現) 삼성 그룹의 이건희 회장은 부친이 휘호로 써 준 '경청(傾聽)'을 좌우명 삼아 '열 마디를 듣고 열 번 생각한 다음 한 마디를 하는' 듣기형 리더라고 한다. 이러한 생각과 태도, 자세가 오늘의 삼성을 일궈 내는 데 큰 밑바탕이 됐으리라 믿어 의심치 않는다. 직장에서, 가정에서 구성원 간의 모든 문제는 대화에서 발생한다.

모든 경영관리 문제의 60% 이상이 잘못된 커뮤니케이션에서 기인하며, 얼마나 효과적으로 의사소통하는가에 따라 기업도 개인도 성패가 결정된다. 따라서 오늘은 커뮤니케이션의 여러 기법 중

하나인 공감적 경청에 대해 이야기해 보고자 한다.

'입으로는 친구를 잃고, 귀로는 친구를 얻는다.'는 말이 있다. 자기 말만 앞세우는 사람은 친구가 떠나가고, 남의 말을 정성스럽게 듣는 사람은 친구가 모인다는 뜻이다. 말을 잘 한다는 것은 '먼저 상대방의 말을 경청하고 꼭 필요한 말만 짧게 하는 것'이며 대화를 통해 목적한 바를 얻는 것을 말한다. 또 경청은 단순히 말 그 자체만을 이야기하는 것이 아니다. 두 귀로 상대방을 설득하는 것을 말한다. 경청이 제대로 안 되는 것은 상대방의 말을 무시해 건성으로 듣고, 듣는 척하거나 필요한 것만 선택해 듣기 때문이다. 또 신중하게 공감적 경청을 못하기 때문일 것이다. 여기서 공감적 경청이란 상대를 이해하려는 의지를 갖고 경청하는 것을 말한다. 상대방이 가진 기준의 내면에 들어가 상대방의 관점을 통해 사물을 보는 것으로, 즉 내가 가진 경험과 사고의 틀을 벗어 버리고 상대방의 생각과 위치에서 들으려고 노력하는 것이다. 다시 말해 귀로 듣고 머리로 이해하기 전에 먼저 가슴으로 듣는 자세를 말한다.

거듭 이야기하지만 커뮤니케이션에서 최상의 방법은 공감적 경청에 있다. 이러한 공감적 경청을 실행하기 위해 우리는 무엇을 어떻게 해야 할까.

첫째, 우선 무엇보다 상대방에 '우호적 감정'을 가져야 할 것이다. 밝은 표정으로, 타인의 입장에서 생각하고 받아들이며, 즉각적인 판단보다는 일단 그대로 받아들이도록 노력하는 것이다.

둘째, 상대방에게 '주목하는 것'으로 상체를 앞으로 숙여 들음으로써 최대한 관심을 표명하는 것이다.

셋째, '맞장구'를 쳐 주는 것이다. 고개를 끄덕이거나 긍정적인 반응을 보이는 것으로 자신의 말에 동의해 주는 것만큼 말하는 사람이 신나는 일도 없을 것이다.

넷째, '관심과 흥미'를 나타내는 것이다. 자기가 한 말에 관심을 보이고 질문하는 것 등은 상대방에게 공감하고 있음을 나타낸다.

다섯째, 상대를 '응시'하는 것이다. 경청에서 가장 중요한 요소로 상대의 눈을 응시하면서 표정이나 보디랭귀지를 읽어 내는 것이 중요하다.

여섯째, '말하는 내가 중심'이라고 느끼게 하는 것이다.

현대인의 가장 큰 병폐는 '알면서도 행하지 않는 것'이다. 실행이 그만큼 어렵기 때문일 것이다. 커뮤니케이션 능력은 타고난 재능이 아니라 습득되는 것이다. 자기 말만을 하기에 앞서 듣는 것부터 시작하자. 그렇게만 하면 관계가 좋아지고 성공과 행복을 가져다 줄 것이다. 공감적 경청이 모든 문제의 최상의 해결 수단이라는 것을 명심하고 실천하기를 바란다.

평판 그리고
이미지 메이킹

전(前) 크라이슬러 회장인 아이아 코카는 "성공은 당신이 아는 지식 덕분이 아니라, 당신이 아는 사람들과 그들에게 비치는 당신의 이미지를 통해 온다."고 했다. 이처럼 상대방에게 나에 대한 어떠한 이미지를 심어 주느냐 하는 것은 인생에서 매우 중요하다. '나' 란 누구인가를 통해 자기 자신을 돌아보고, '바람직한 나' 를 만들기 위해 어떻게 변화돼야 할까. 또 과연 타인으로부터 어떠한 평판을 받아야 하고, 어떤 모습으로 이미지 메이킹을 해야 할까.

취업 전문회사인 '인쿠르트' 는 국내 기업의 57%는 경력사원 채용 시 평판 조회를 시행하고 있으며, 그중 95%는 그 결과를 채용 의사결정에 적극적으로 반영하고 있다고 밝혔다. 이때 평판 조회의 체크리스트 주요 항목은 인간성, 인간관계, 조직 융화, 근무태도, 업무성과, 도덕성, 소통능력, 사생활 등이다. 갈수록 기업의 이미지와 상표 가치를 높이는 것이 그 성공에 절대적인 영향을 미치는 것처럼 요즘은 개인의 이미지와 상표 가치도 중요하다.

최근 매스컴에서 주목받고 있는 유명 연예인들은 유재석이나 이승기 같이 모두 방송을 잘해서이기도 하지만 TV에서 보이는 모범적 이미지가 일상생활에서도 그대로 나타나도록 자기관리 및 평판관리를 잘하기 때문이다.

평판에 가장 큰 영향을 미치는 사람들은 다름 아닌 바로 지금 당신의 곁에 있는 선배요 후배이며, 동료 등이다. 평판은 대단한 성과나 훌륭한 업적보다 오히려 당신이 일상 속에서 보여주는 작은 평가와 언행들로부터 비롯된다. 이미지란 보는 사람의 기준과 느낌의 판단에 의해 각인되기 때문에 눈에 보이는 것 외에도 풍기는 것, 느끼는 것들까지 포함된다. 좋은 이미지 메이킹을 하려면 자신의 본질과 장점을 정확히 알고 훌륭하게 표현해야 한다.

그렇다면 좋은 평판을 만들기 위해 우리는 어떻게 해야 할까.

먼저 환하고 밝은 얼굴, 항상 미소를 머금은 표정, 자신감 있는 태도 등으로 호감을 주는 사람이 되도록 노력해야 한다. 또 앞서 말한 평판 조회 시 핵심요소인 인간관계, 업무수행능력, 업무스타일, 조직 에서의 융화력, 소통 능력, 리더십 등을 갖출 수 있도록 최선을 다해야 한다.

다음은 돈거래, 이성 관계, 약속이행 등 사소해 보일 수 있는 작은 사생활에서부터 평판에 영향을 주지 않도록 자기관리를 충실히 해야 한다. 아울러 주변 사람들로부터 "그 사람 괜찮아. 남에게 항상 잘해. 그래도 쉽게 보면 안 돼, 성깔이 있으니까, 뒤끝은 없어. 그리고 대하기가 편하고 맺고 끊는 게 분명하니까, 뒤로 엉뚱한 짓 할지 모른다는 걱정은 할 필요가 없어."라는 이미지를 심어 줘야 한다.

이와 같은 내용을 항상 가슴에 새기고 지키며 살아간다면 당신도 충분히 누군가 혹은 회사, 사회로부터 피하고 싶은 사람이 아닌 만나고 싶은 사람으로 평판을 받을 수 있을 것이다.

자기 인생을 스스로 만들어 가듯이 우리는 매일 스스로 평판을 만들어 가고 있다. 그것은 또한 알게 모르게 매 순간 자신에게 좋게 또는 나쁘게 영향을 미치고 있다. 20세 이력서는 내가 쓰지만, 40세 이력서는 남이 쓴다는 말처럼 나의 좋은 평판을 위해 부단한 관심과 노력으로 당신이 원하는 좋은 이미지를 만들어 나가기 바란다.

시간 창조형 인간

   21세기를 속도의 시대라 하고, 시간이 지배하는 시대라고도 한다. 우리는 이처럼 빠른 속도로 변하는 환경변화에 적응하고, 정보화 시대에 걸맞은 시간관과 시간문화를 창조해가야 한다.

   인생의 매 순간을 충실히 살려고 노력한 사람들도 시간이 지난 후에 흘러간 세월을 아쉬워하고 좀 더 충실하게 살지 못했음을 후회하곤 한다. 하루 24시간, 즉 1440분은 어떤 사람이든지 공평히 부여받은 시간이다. 이와 같이 공평하게 주어진 시간은 결국 사용자의 의지와 사용기술에 따라 그 가치가 달라진다.

   시간의 소중함에 대해서는 '죄와 벌' '카라마조프의 형제들'로 우리에게 잘 알려진 도스토예프스키의 일화를 소개코자 한다.

도스토예프스키는 28세의 젊은 나이에 내란 음모 혐의로 사형 선고를 받았다. 무섭게 추운 겨울날 사형집행을 받기 위해 형장으로 끌려가 기둥에 묶였다. 사형집행까지 5분 남아 있었다. 단 5분이었기에 더욱 절박하고 천금같이 느껴지지 않을 수 없었다. 5분을 가장 효과적으로 사용하는 방법으로 2분은 이제까지 살아온 과거를 정리하는 데, 또 2분은 형장에 끌려온 동료들에게 마지막 인사를 한마디씩 하는 데, 최종 1분은 오늘까지 살던 땅과 하늘과 자연을 한번 둘러보는 데 쓰기로 했다. 28년의 세월을 순간순간 아껴 쓰지 못한 것이 참으로 후회가 됐다. '이제 다시 한 번 살 수 있다면' 그는 깊은 뉘우침에 사로잡혔다. 그 순간 탄환을 총에 장전하는 소리가 들렸고 그는 죽음의 공포에 떨었다. 바로 그때 말 탄 한 병사가 흰 수건을 흔들면서 달려오고 있었다. 황제의 특사령을 가지고 온 것이다. 그는 풀려나 인생의 문제에 대해 깊은 생각을 하게 됐다. 그러면서 그는 마지막 5분 동안 절실히 생각했던 시간을 항상 염두에 두고 인생을 소중하게 아끼면서 살았다.

이처럼 소중한 시간에 대해 오늘날 기업경영에서도 과거의 전통적 경영자원인 노동·자본·기술에 추가해 정보·문화, 그리고 시간 요소를 들고 있다. 새롭게 부각되고 있는 것이 바로 시간자원이다.

우리는 시간의 사용기술에 따라 인간의 유형을 '시간창조형' '시간소비형' '시간파괴형'의 세 부류로 나누기도 한다. 시간가치를 창조하는 기술인 시(時)테크를 이용해 시간의 가치와 효과성을 높여 업무의 성과를 높이는 사람을 시간창조형 인간, 자기에게 주어진 시간을 시간 관리를 통해 낭비 없이 잘 사용하는 사람을 시간소비형 인간, 주어진 시간과 기회를 낭비하는 사람을 시간파괴형 인간이라고 한다. 그동안 산업사회까지는 시간소비형 인간이 성공적이었으나 이제 21세기는 시간창조형 인간이 돼야 한다.

그러면 우리는 어떻게 창조형 인간으로서의 시간을 만들 수 있을까 고민이 남는다.

먼저 우리 주변에서 발생하는 시간낭비 요인들, 즉 사전계획과 뚜렷한 목표설정이 없는 생활, 사전준비의 소홀, 잘못된 생활태도, 정보의 부족, 컴퓨터나 첨단기기의 사용 미숙, 잘못된 공간배치, 복잡한 절차와 비표준화, 직장과 주거지 간의 거리 등의 요인을 들 수 있는 바 이를 하나하나 짚어보고 개선한다면 많은 시간을 절약하고 창조할 수 있을 것이다.

다음은 일의 우선순위를 결정해 시행하는 것이다. 이는 '아이젠하워 그리드'(Eisenhower Grid) 기법을 활용하면 효과적일 수 있다. 즉 중요하고 긴급한 과제는 본인이 즉시 처리하고, 매우 중요하지만 긴급도가 조금 떨어지는 것은 위임하며, 중요하지만 덜 급한 과제는 차후로 미룬다. 중요성과 긴요성이 떨어지는 것은 보류하는 등 하고 있는 일들을 분류하고 처리하는 것 또한 중요한 일이다.

또한 코비(Covey)는 '자신에게 주어진 시간을 어떻게 관리하는가'를 조사한 결과 '성공하는 사람'은 중요하고 긴급한 일에 바치는 사람이라고 했다. 더불어 긴급하고 중요한 '현재'에 시간을 투자하라고 권고했다. 과거의 시간은 지나가 버려 없고, 미래의 시간은 아직 오지 않은 시간이다. 중요한 것은 현재를 최대한 활용해 충실히 하는 것이다.

마지막으로 시간 관리의 기본요소인 위임 · 조직화 · 제거를 실천하는 것이다. 업무의 일부를 타인에게 위임해 시간을 절약하고, 하루의 일과를 조직화해 우선순위에 따라 능률적으로 일하고, 불필요한 행위와 나쁜 생활습관을 제거하면 또한 시간을 절약할 수 있다.

위에서 언급한 내용만이라도 실천하고 행동한다면 많은 시간을 절약하고 창조할 수 있는 창조형 인간이 될 수 있다고 본다. 시간 창조의 궁극적인 목적은 행복 추구에 있다. 창조한 시간을 좀 더 행복한 시간, 행복한 가정, 여유 있고 윤택한 사회를 만드는 데 활용한다면 얼마나 보람된 일인가.

성공적인 가정경영을 위한
최소한의 요소

얼마 전 삼성경제연구소에서 가정 경영과 기업경영에 대해 일반 시민들에게 설문 조사를 하였다. 그 결과 가정경영이 기업 경영보다 어렵다고 응답한 사람들이 전체의 49.9%, 그렇지 않다가 13.8%, 잘 모르겠다가 36.4%로 나타났다고 한다. 이 조사를 보면 요즘 우리들의 현실은 가정생활이 원만한 가정보다 불편한 가정이 훨씬 더 많은 것 같다.

진정한 의미의 가정이란 서로 이해하고 빈곳을 채워 주는 안식처이자, 같은 공간에서 서로의 아픔을 보듬어 주는 특별한 존재다. 이러한 가정을 성공적으로 운영하기 위해 현시대에는 일종의 가정경영이 필요하며, 그것은 부부 관계, 자녀 관계, 형제자매 관계, 친인척 관계 그리고 일과 삶의 균형 등을 포함한다. 이렇듯 많은 관계와 요소가 충족돼야 하기에 가정마다 그 경영에 대한 성취도나 만족도는 천차만별일 것이다.

어떻게 하면 효과적인 가정경영을 이뤄나갈 수 있을까.

먼저 무엇보다 행복한 부부생활이 가장 중요하다. 미국의 부부문제 최고 권위자인 존 가트만 박사는 "행복한 부부를 만드는 황금 비율은 긍정적 감정 대 부정적 감정 비율이 5:1이라고 하며, 이것이 4:1, 3:1, 2:1로 줄어들다 1:1이 되면 이혼으로 가는 분기점"이라고 했다. 우리도 상대방의 좋은 점을 먼저 보려는 긍정적 자세를 가져야만 한다. 또 행복한 부부들의 지혜를 배워야 한다. 결혼 80주년을 맞은 미국의 한 노부부는 '백년해로'의 비결로 항상 '미안해(Sorry)'라는 말을 잊지 않았던 것을 꼽았고, 또 한 토크쇼에서 자니윤 부부도 대화 중 'You are right dear'라는 말로 서로를 감싸면 다툼을 줄일 수 있다고 했다. 대화법만 바꿔도 가정의 평화를 찾을 수 있다는데, 우리는 과연 일상생활에서 배우자에게 '미안해, 당신이 옳아, 고마워'라는 말들을 얼마나 자주 할까.

다음은 자녀교육과 우호적인 형제자매 관계 확립이다. 자녀들은 '생각할 줄 아는 사람, 내 이익보다 남을 먼저 생각하고 더불어 살 줄 아는 사람, 자기 스스로 존재할 줄 아는 사람'으로 키워져야 한다. 또 형제자매 간은 좋은 일이 생기면 함께 기뻐하고 나쁜 일이 생기면 서로 위로하는 관계를 조성해 주고, 경쟁 분위기를 탈피해 줘야 한다.

마지막으로 일과 삶의 조화를 이뤄야 한다. 우리나라도 5일 근무제의 도입과 함께 일과 생활의 균형(WLB · Work & Life Balance)이 더욱 중시되고 있지만, 아직도 우리 주변엔 이러한 개념이 생소한 가정들이 많은 것 같다. 일과 생활의 균형이란 근로자가 일과 생활을 모두 잘해 가고 있다고 느끼는 상태를 말한다. 무엇보다 주관적이고 자율적인 부분이기에 실천해 나가기 힘들 수 있으나 균형 잡힌 삶을 통해 가정의 평화를 얻을 수 있도록 모두 노력해 보자. 19세기 영국 수상을 지낸 벤저민 디즈레일리는 "공적인 생활에서의 그 어떤 성공도 가정에서의 실패를 보상해 주지는 못한다"고 가정의 중요성을 말한 바 있다. '성공은 가정의 평화로부터 온다'는 평범한 진리에 관심을 갖기를 바란다.

참된 스승상(像)과
제자의 도(道)

　어느 교회의 목사는 갓 태어난 아이에겐 "좋은 스승을 만나게 해주십시오. 좋은 친구를 만나게 해주십시오. 그리고 좋은 배필을 만나게 해주십시오."라고 기도해 준다고 한다. 아마도 세상을 살아가며 경험하게 되는 여러 만남 중에서 스승과의 만남을 최고의 축복 중 하나로 생각하기 때문일 것이다. 오월의 스승의 날은 제자가 스승의 은혜를 기리기 위해 만들어진 날이지만, 오늘날 스승에 대한 생각은 시대의 변화와 함께 많이 달라진 것 같다.

　세월이 좀 지난 옛 이야기이긴 하나 국무총리를 지내셨던 한 분이 현직에 계실 때다. 자식이 스승을 존경하지 않는 모습을 보이자 선생님을 직접 가정으로 초대해 큰절을 올리고 자세를 낮춰 겸손하게 대하는 모습을 보이며 자식을 훈육했다는 이야기를 들은 기억이 난다. 요즘 세상 돌아가는 분위기나 정서상 상상하기조차 힘든 옛 이야기일 것이다.

이제 교육현장도 옛날과 많이 달라졌다. 스승은 지식 전달자로만 인식되고 학교는 비즈니스화한 인상을 지울 수 없다. 영화 서편제의 주인공 오정해 씨가 평생 잊지 못한다는 스승 고(故) 김소희 명창은 항상 제자들에게 무엇보다 사람이 되라고 가르쳤다고 한다. 그러면서 가정 형편이 어려웠던 제자가 대회에 출전할 때는 본인의 한복을 손수 줄여 입혔다고 한다. 검소하게 사시고 어렵게 모은 돈으로 어려운 제자들을 위해 아낌없이 도와주면서도, 그런 사실을 한 번도 내색하지 않으시는 스승님에 감동받아 그 은혜에 보답하고자 오정해 씨는 더욱 혼신의 노력을 다했다고 한다.

이러한 모습이 진정 스승과 제자의 참모습이 아닐까.

존경받는 스승, 훌륭한 스승이 많아지고 제대로 된 인재, 즉 전문성과 창조성 그리고 인성을 갖춘 인재를 양성해야 글로벌 시대에 살아남고 성장할 수 있다.

그렇게 하기 위해서는

첫째, 먼저 바람직하고 일관성 있는 교육정책과 교육환경 조성 그리고 올바른 스승 상(像)을 정립해야 한다. 교육계의 부정과 부조리를 척결하고 스승답지 못한 교사는 교육현장에서 과감히 물러나도록 해야 한다.

둘째, 교사 자신이 스스로 스승다운 스승, 교육자다운 교육자가 돼야 한다. 자기 주변관리를 잘하고, 인격적으로나 윤리적으로 존경받는 스승의 모습을 보여야 하며, 단순 지식 전달자가 아닌 희망과 꿈, 지혜를 심어 주는 스승이 돼야 할 것이다.

셋째, 학부모 자신도 교사들에 대한 부정적인 태도가 자녀교육에 악영향을 줄 수 있다는 사실에 주목하고, 자기 자식만 위하는 자세를 지양하고 더불어 남을 존중하고 배려할 줄 아는 아이로 키워지도록 학교에서 스승의 위상을 바로 세우는 데 힘을 실어줘야 한다.

넷째, 학생들도 스스로 훌륭한 선생을 롤 모델(role model)로 삼아 긍정적인 자세를 갖고 스승의 은혜에 보답하기 위해 배움에 더욱 정진하는 모습을 보여야 한다.

교육도 비즈니스적인 측면을 벗어날 수는 없다. 하지만 교육만큼은 정도(正道)를 가야 하며 국가 정체성과 인재경쟁 시대에 필요한 인재를 양성하는 데 모든 노력을 기울여야 한다. 안보교육이 잘못되면 나라를 잃고, 경제가 기울면 일터를 잃으며, 교육이 부실하면 남의 나라의 통제나 지배를 받는다는 사실을 명심해야 한다.

우리 장병들도 스승의 날을 맞아 스승에게 감사의 편지나 전화를 하자. 혹시 그것이 어렵다면 고맙다는 문자 메시지라도 하나 보내면 어떨까.

봉사활동과 인성교육

최근 우리나라를 포함한 세계 각국이 교육정책 수립에 심혈을 기울이고 있는 것 중 대표적인 것이 바로 인성교육이다. 미래 주역들이 개인적으로나 사회적으로 건강한 삶을 살아가기 위해 필요한 자질을 함양하는 데 본뜻이 있음이다.

가정·학교·기업·종교단체 등 모든 사회 영역에서 가장 중요한 가치로 회자되는 것 또한 인성(人性)에 관한 것이다. 이렇듯 중요한 인성의 교육과 함양을 위해 우리가 추구할 수 있는 방안에는 여러 가지가 있겠지만 그중 가장 효과적인 것이 바로 체험적 봉사활동이다.

현재 우리나라도 한창 봉사활동의 열풍 속에 점차 그 구성원의 다양화와 제도화 현상이 이뤄지고 있다. 학교·기업·사회단체 등 다양한 사회조직이 봉사활동에 참여함으로써 이제 봉사활동은 특정계층에 국한되지 않고 범 국민운동으로 발전하고 있으며, 인성교육과 시민교육을 목적으로 학교 교육에 제도화되고 있는 상태다.

필자가 사단장 시절 부대에 전입해 오는 전 장병은 예외 없이 음성 꽃동네(충북 음성군, 소외계층 보호 사회시설)에서 2박 3일 간의 봉사활동을 마친 후, 신고 받고 배치했다. 군에 오는 많은 젊은이가 전역 후 장차 어떤 길을 가게 될지 예측할 수는 없지만 직장이나 사회에서 공통적으로 요구되는 인성형성에 도움을 주고자 하는 발로였다.

처음 이 시스템을 도입했을 때만 해도 반신반의하며 기대보다는 걱정과 우려가 더 많았던 것이 사실이었으나, 실행 후 우리가 얻어낸 성과들은 예상 밖으로 큰 소득이었다. 봉사를 다녀 온 장병들의 소감은 물론 각양각색이었으나 대부분 '자기 자신을 건강하게 낳아 길러 준 부모님께 진심으로 감사'하고, '장애인들의 긍정적인 삶의 모습에서 장차 다가올 어떠한 역경과 고통도 감내해야겠다는 각오'와, '전역 후에도 진심으로 이러한 봉사활동을 지속하고 싶다.'고 하는 것 등이었다.

무엇보다 봉사활동을 갔던 그들 스스로가 오히려 잊지 못할 경험을 했다며 기회부여에 감사해 했다. 긍정적 반응을 보인 장병들의 소중한 경험이 일회성으로 끝나지 않도록 책임 지역 내 장애인 시설과 대대 단위로 자매결연을 해 자발적·지속적으로 활동을 이어갈 수 있도록 장려했던 기억이 난다.

이와 같이 봉사활동을 통한 인성교육의 기대 효과는 자기 자신의 변화, 타인에 대한 그리고 사회 및 조직 활동에 대한 긍정적 태도 보유 등 인격의 변화 유도다. 또한 지속적인 봉사로 심성 순화에도 큰 도움이 될 수 있다. 봉사활동을 통해 많은 장병이 자신을 재발견하고, 군 생활 중 어떠한 역경도 이겨낼 수 있다는 새로운 인생관을 갖는 데 도움이 돼 군 생활은 물론 나아가 인생에 대한 새로운 각오를 하도록 만들 수 있었다. 또한 부대관리 측면에서 사고예방에도 많은 도움이 됐으며, 불우·소외 계층에 대한 관심 증대와 희생정신을 갖게 함으로써 장병 정신계도 및 사회 복지사업에도 관심을 갖는 계기를 만들 수 있었다.

오늘날 우리 군에서도 인성교육에 많은 관심을 갖고 부단히 노력하고 있다. 이러한 봉사활동과 같은 체험 학습으로 좋은 인성의 함양은 물론, 군대가 국민 교육 도장으로서의 역할을 성실하게 수행해 국민의 군대로서 자리매김을 확실하게 할 수 있지 않을까 생각해 본다.

Chapter
03
진정한 리더가
되려면

진정한 리더

21세기는 '리더십 홍수'의 시대를 넘어 '리더십 정글'의 시대로 가고 있다고 사람들은 말한다. 세계적으로 하루에 한 권 이상 리더십 관련 서적이 출판되고 있으며, 리더십에 대한 정의만도 600여 가지가 넘는다. 또 우리는 시대와 분야를 망라해 조직을 성공적으로 이끈 인물들의 리더십에 열광하고 있다.

이는 많은 사람들이 현시대를 리더십 부재의 시대라고 부르며, 리더다운 리더가 없다는 느낌을 반증하고 있는 대목이기도 하다. 리더의 역할이 더욱 중요해지고 그 구성원에 미치는 영향이 너무나 큼에도 불구하고 우리의 리더십에 대한 인식과 교육 수준은 저조한

편이다. 그러나 최근 들어 변화의 조짐들이 보이고 있다. 한국의 4년제 대학 중 3분의 1이 리더십 관련 과목을 개설하고 있으며, 기업에서도 많은 관심과 예산을 투자하고 있다.

무엇보다 다행인 것은 우리 군이 국방부와 육·해·공군본부에 리더십개발원과 센터를 설립·운영하면서 리더 양성에 매진하고 있다는 것이다. 그렇다면 우리 사회는 과연 어떤 리더를 필요로 하는 것일까? 일본의 '대망(大望)'이라는 소설에서 '도쿠가와 이에야스'는 아들에게 말하기를 "대장(大將)이란 존경받고 있는 것 같지만 실(實)은 부하에게 언제나 잘못이 없나 탐색당하고 있는 거야. 부하라는 건 반하게 만들어야 하며, 심복은 사리를 초월하는 데서 나온단다."라고 했다.

세상에서는 복종자가 많아야 훌륭한 리더라고 생각하는 사람이 많은 것 같으나, 그것은 잘못된 오해다. 진정한 리더란 추종자가 많은 사람이다. 복종자가 많은 리더는 절대적인 힘을 사용해 일시적으로 남을 굴복시킬 수 있으나, 어떤 위기상황에 힘이 쇠락하면 그 리더십은 급격히 상실하게 된다. 반면 추종자가 많은 리더란 남의 마음을 헤아려 움직이게 하는 사람으로, 마음에서 우러나와 스스로 따르는 사람이 많은 진정한 리더다. 그렇다면 추종자가 많은 리더가 되려면 어떻게 해야 할까.

첫째, 인격과 인품을 갖춘 도덕적인 리더라야 한다. 마음을 넓히고 도량을 크게 해 많은 사람을 수용하고, 정도로 균형감각을 갖고 합리적 사고로 도덕성과 인품을 갖춰야 한다.

둘째, 신뢰받는 리더가 돼야 한다. 신념이 있고, 중요 문제를 잘 처리하며 결과에 책임질 줄 알고 잘못의 원인을 자신에게서 찾는 사람이다.

셋째, 꿈을 결집시키고 희망을 주는 리더라야 한다. 리더십의 출발점은 꿈을 결집시키는 능력이다. 칭기즈칸이 몽골인들을 결집한 힘은 꿈이었다. 한 사람의 꿈은 꿈이지만 그들을 동화시켜 만인의 꿈이 될 수 있다면 현실이 된다.

넷째, 감동을 주는 리더라야 한다. 추종자가 원하는 것이 무엇인지 찾아서 해결해 줘라. 애정과 관심을 표현하고 어렵고 힘들 때 도와주고 격려해서 감동을 줘라.

다섯째, 부하를 존중해 주고 인정해 주는 리더가 돼야 한다. 극진하게 예우하고 자기를 낮추며, 그들을 위해 주고 있음을 느끼게 만들어야 한다. 이러한 최소한의 사항만이라도 실천한다면 구성원들은 당신의 추종자가 될 것이다.

군을 포함한 모든 조직사회에서 일의 성패는 리더십에 달려 있다. 누구든 리더가 될 수는 있지만 모두 진정한 리더가 되기는 어려울 것이다. 또한 그 길에 왕도는 없다. 각급 제대 지휘관 및 참모는 스스로 자기 부하들이 추종자인지 복종자인지 살펴보고, 추종자가 많은 리더가 되도록 최선의 노력을 다해 주기를 기대한다.

사람 마음을
움직이는 리더

"세상에서 가장 어려운 일은… 사람이 사람의 마음을 얻는 일이란다. 각각의 얼굴만큼 다양한 각양각색의 마음을… 그 바람 같은 마음이 머물게 한다는 건…정말 어려운 거란다. 하물며 내가 좋아하는 사람이 나를 좋아해 주는 것은 정말 기적이란다."라고 생텍쥐페리는 '어린 왕자'에서 말하고 있다. 또 미국 육군사관학교인 웨스트포인트에서는 생도 모두가 재학 중 여러 프로그램을 통해 리더 경험을 하는데, 특히 4년 차엔 액션 리더십 훈련으로 초등학교에 가서 '어린이 놀이지도' 프로그램을 진행한다고 한다. 직접 놀이 교육 계획을 수립하고 다수의 어린이에게 실천시키는 훈련이다. 군대를 지휘하는 것과 어린이 놀이지도가 무슨 상관이냐 싶겠지만,

이 안에 차별화된 교육 내용이 숨어 있다. 어린이 놀이활동은 매우 혼란 스럽고 산만한데 생도들은 이 훈련을 통해 혼란 속에서 다양한 부하들을 수용하며 조직을 이끄는 이치와 방법을 체득한다고 한다. 또 하워드 가드너(Howard Gardner)는 사람의 마음은 다섯 살 때 이미 결정되고, 어릴 때 형성된 사고방식은 좀처럼 바뀌지 않는다면서 사람의 마음을 훔치려면 '이야기 능력과 공감능력'을 갖춰야 한다고 말했다.

이렇듯 '마음을 얻는 기술'을 정립하고 체계화하기 위해 오랜 기간 전 세계에서 끊임없이 연구되고 있지만, 사람의 마음을 움직인다는 것은 결코 쉬운 일은 아니다. 인간은 한 사람 한 사람이 서로 다른 존재여서, 좋아하는 것이나 가치관도 서로 다르기 때문이다. 사람의 마음을 움직이려면 무엇을 어떻게 해야 할까. 실질적인 몇 가지 내용을 정리해 본다.

첫째, 상대방이 바라고 원하는 것을 찾아서 해결해 줘라. 상대방이 원하는 것을 알면 마음을 움직일 수 있다. 상대방이 처한 상황을 알아내고, 상대방이 무엇을 원하는가를 파악하며, 상대방이 원하는 것을 부여할 수 있는 능력과 힘을 갖춰야 한다.

둘째, 이해(利害)관계로 움직여라. 손자(孫子)병법의 핵심은 이(利)와 해(害)다. 이익과 손해됨을 인지케 해 마음을 움직이도록 만드는 것이다. 인간은 자기의 이해관계에 따라 행동한다.

셋째, 사람의 마음을 움직이려면 존중과 배려, 그리고 신뢰가 있어야 한다. 존중은 차이를 인정하며 상대방의 입장을 귀중하게 대하는 것이다, 상대방에 대한 배려로 세세한 마음 씀씀이가 있어야 한다. 신뢰가 전제되지 않으면 어떠한 관계도 이뤄질 수 없다.

넷째, 사람을 움직이는 것은 입이 아니라 귀다. 사람들은 말을 잘하는 사람보다 잘 들어주는 사람을 더 좋아한다. 잘 듣는 사람이 사람을 움직인다.

다섯째, 인정과 칭찬이 사람의 마음을 움직인다. 칭찬을 통해 스스로 움직이고 싶게 만들어야 한다. 부족한 사람도 칭찬할 만한 사항을 찾아 칭찬해야 한다.

사람의 마음을 움직일 수 없다면 무늬만 리더일 뿐 진정한 리더라고 할 수 없다. 사람의 마음을 움직일 수 있는 능력을 갖췄을 때 비로소 리더로서의 기본 자격을 갖추게 됨을 잊지 말자.

비전·리더십
그리고 경쟁력

21세기에 국가를 경영하는 사람들 이나 기업인 또는 어떤 조직을 운영하는 사람들에게 자주 거론되는 화두는 무엇일까. 여러 가지가 있겠으나 그중에 비전과 리더십·경쟁력이 있다. 불확실한 미래에 대해 우리는 어떠한 비전을 가져야 하며 대비해야 하는가. 그 비전을 계획하고 구체화하며 강력하게 추진할 수 있는 리더십은 어떻게 구사돼야 하는가. 미래에 살아남고 번영을 약속받을 수 있는 우리 실정에 맞는 경쟁력을 높일 수 있는 방법은 무엇일까 고민하게 된다.

먼저 우리에게 희망과 꿈과 삶의 질을 높여주는 비전은 무엇일까. 그것은 위대한 지도자들로부터 벤치마킹 해 명확하고 구체적인 비전의 제시에 초점이 맞춰져야 한다.

1867년 2월 미국이 알래스카를 러시아로부터 720만 달러에 매입할 당시 미국의 여론과 의회가 "얼음덩어리와 달러를 맞바꾸려 한다."고 맹비난했다. 그러나 당시 국무장관 윌리엄 H 슈어드는 "알래스카는 얼음덩어리에 불과하지만 먼 훗날을 내다볼 때 국가가 안 사면 개인이라도 꼭 사야만 하는 곳"이라고 주장하며 강력히 추진했다. 슈어드의 용단은 훗날 확증됐고 미 국민은 오늘날 그의 비전과 용단에 모두 감사하고 있다.

1970년 7월 7일 경부고속도로가 개통됐다. 당시 정치권에서는 "빈약한 재정 속에서 국민의 과중부담으로 400여 억 원(당시 국가 총예산 1600억 원)을 투입하는 것은 투자순위가 전도된 전시행정"이라고 강력히 비난하며 반대했다. 당시 세계은행도 마찬가지였다. 그러나 결국 경부고속도로 건설은 한국 경제성장의 촉매 역할을 했다. 이렇듯 앞을 내다보는 혜안과 비전, 강력한 리더십은 나라를 잘살게 만드는 기반이 됐다. 즉 비전이란 당장은 반대가 있다 하더라도 수년 앞을 내다보고 우리가 추진해 나가야 할 역사적 방향과 바람직한 사회의 밑그림을 그려 주는 것이다.

우리 정부도 국민소득 목표를 1인당 3만 달러를 예고하고 있다. 이를 실현하기 위해서는 뚜렷한 비전과 마스터플랜이 제시돼야 한다. 국민들이 그 길만이 우리가 살 길이라고 인식하고 역량을 한 곳으로 결집한다면 우리의 비전은 실현 가능하게 될 것이다.

리더십 이론은 시대적 여건과 환경의 변화에 따라 많은 변화를 가져왔다. 최초에는 지도자 개인의 특성이 강조되는 특성이론으로부터 행동이론, 상황이론, 거래적·변혁적 리더십 이론으로 발전해 왔다. 최근에는 새로운 패러다임으로 섬기는 리더십에 대한 관심이 높아지고 있다.

섬기는 리더십(servant leadership)이란 종(servant)과 리더(leader)가 합쳐진 개념이다. 종래의 리더십이 전제적·수직적이라면 섬기는 리더십은 추종자의 성장을 도우며 팀워크와 공동체를 형성하는 리더십이다. 또한 오늘날 어떠한 조직에서든 적합한 리더십으로 평가받고 많은 기업체에서 적용하는 리더십이다. 이러한 리더십을 바탕으로 경쟁력 제고를 위해 필요한 핵심적인 몇 가지 요소에 대해 알아보고자 한다.

산업정책연구원(IPS)은 지난 16일 국제경쟁력연구원과 공동으로 발표한 국가경쟁력 보고서에서 한국은 68개 국 중 25위를 기록했다고 밝혔다. 국가경쟁력 1위는 미국이었으며 싱가포르는 5위, 일본은 19위, 중국은 32위로 한국을 바짝 추격하고 있다. 중국에 추월되면 몰락할 것이라는 우려까지 나오고 있는 실정이다.

그렇다면 경쟁력 우위를 위해 우리는 무엇을 어떻게 해야 할 것인가.

먼저 경쟁력 우위를 확보하기 위한 원천은 인적 자원·조직능력,

그리고 핵심역량을 효과적으로 결합하는 것이다. 새로운 국가전략을 수립하고 패러다임을 바꾸며 국가운영 시스템 또한 혁신적으로 바꿔야 한다.

우리나라와 같이 제한된 자원으로 국가경쟁력을 갖추려면 핵심산업을 특화한 선택과 집중 정책이 구체적이고 지속적으로 일관성 있게 추진돼야 한다. 선택과 집중이야말로 강소국의 생존전략에 필요한 알파요, 오메가다.

다음은 경쟁력의 우위를 확보하려면 기술입국을 지향해야 한다. 21세기는 지식·정보화 사회로 눈에 보이는 하드웨어보다 보이지 않는 소프트웨어 개발에 최대한의 관심과 지원이 이루어져야 한다. 기술에 대한 투자가 곧 미래에 대한 투자이므로 이러한 전문성을 갖춘 인력에 대한 우대정책이 뒤따라야 한다.

마지막으로 모든 분야에서 차별화를 통한 경쟁력을 높여야 한다. 중국에서 빅 3 대학으로 부상하고 있는 저장(浙江)대의 판원허 총장은 평등시대는 갔고 이제는 경쟁시대라고 주장하면서 차별화를 위해 특화한 교육에 몰입하고 있다.

우리도 모든 사람에게 평등하게 주어진 기회를 최대한 활용한 개인과 조직의 부가가치를 높이는 길 만이 국가가 생존하고 번영하는 길이라는 점을 명심해야 한다.

앞으로 꿈과 희망을 주는 실현 가능한 비전을 갖고 조직의 목표를 달성할 수 있는 새로운 패러다임의 리더십을 강력히 추진하면서 차별화 등을 통한 경쟁력을 높인다면 삶의 질은 저절로 높아질 것이며 우리의 번영도 보장받게 될 것이라 확신한다.

변화와 창조 그리고
융합의 리더십

　한국전쟁 직후인 1953년 당시 1인당 국민소득은 미화 67달러에 불과하던 우리나라가 이제 2만 달러에 이르는 세계 10위권의 경제대국으로 발전하였다. 우리나라가 이만큼 세계 속에 위상을 누리게 된 것은 자유민주주의와 시장경제체제를 선택한 것과 훌륭한 정·재계(政·財界) 인물들의 리더십, 안보버팀목인 한미동맹과 높은 교육열, 그리고 위기시마다 극복해 내는 희망의 DNA가 있었기 때문이었다. 우리는 지난 역사를 통해 뛰어난 리더십을 가진 지도자가 나오면 조직이나 국가가 큰 발전을 가져왔고, 자격 미달 지도자가 나오면 예외 없이 혼란과 쇠락과 패망의 길을 걸었음을 교훈으로 배워 왔다.

왜 리더가 되어야 하는가.

오늘의 리더십의 현주소는 어떠한가. 리더는 많으나 리더다운 리더는 턱없이 부족하고 주변에 롤 모델(role model)로 삼을 만한 리더를 찾기가 쉽지 않다. 또한 불신(不信)과 불통(不通)의 사회로 리더십이 부재한 사회라고 말한다. 그 원인은 어디에서 오는 것일까. 그것은 제대로 된 리더십 교육을 받지 못해 리더십에 대한 이해가 부족하고, 리더십에 대한 관심과 투자가 미흡하며, 리더를 키우는 문화가 없었기 때문이다.

리더가 된다는 것은 자격증을 따는 것과 같이 단편적인 일은 아니다. 개인의 인격과 가치관, 철학과 이념, 비전과 고뇌, 행위와 사고 등과 같은 다양한 요소들 간의 상호작용 속에서 장기적으로 형성되는 것이 리더십이다. 따라서 질문 몇 개에 정답을 찾아냈다고 해서 바로 리더가 되는 것은 아니다.

리더가 되어야 하는 이유는 건전하고 올바른 사회를 만들어 구성원이 만족하고 편안한 삶을 만들며, 사회 전체의 질적 향상을 통해 조직 구성원 모두가 공공선(公共善)을 추구함으로써 행복한 삶을 누리기 위함이다.

그렇다면 진정한 리더십은 어디에서 나올까? 그것은 진정성과 신뢰성, 소통과 경청, 관심과 사랑, 솔선수범과 희생, 섬기는 자세,

겸손, 공정성 그리고 합리성 등에서 나온다. 상관의 명령이 비록 힘들다 하더라도 선의(善意)를 바탕으로 한 합리적 지시라면 따르게 되고, 그런 과정이 반복되면서 하나의 인식의 틀을 형성하게 된다. 선진화된 강한 군대를 만들려면 지휘관들이 진정성에 바탕을 두고 합리적으로 지휘해야 한다.

따라서 리더십 교육은 리더가 되는 법과 리더로 사는 법을 가르쳐야 한다. 리더가 되는 법은 미래의 리더가 될 사람을 위해 필요한 것이고, 리더로 사는 법은 현재의 리더들을 위하여 필요한 것이다. 리더가 되기 위해서는 리더에 대한 철학, 가치 창출, 인품 함양 등에 주안을 두고, 리더로 살아가려면 리더와 사회관계, 리더로서의 겸손, 섬기기, 자기관리 등에 관심을 가져야 한다.

진정한 리더가 되려면

진정한 리더란 단지 효율적으로 일을 처리 하는 사람이 아니다. 리더는 올바른 일을 하는 사람이다. 리더는 목표 달성을 위해 수단과 방법을 가리지 않는 사람이 아니라 올바른 가치관에 따라 움직이는 사람이다. 리더는 자기의 장단점을 정확히 알고 자기의 약점을 극복하기 위해 노력하는 사람이다.

자리만 형식적으로 차지하고 있는 리더가 진정한 리더가 아니고 제대로 된 리더십을 발휘하는 리더가 훌륭한 리더다. 제대로 된 리더가 되려면 어떻게 하여야 할까? 그것은 기본이 튼튼하고 원칙에 충실하면서 상황을 다른 관점에서 볼 수 있어야 하고, 솔선수범하는 사람이어야 하며, 희망을 불어 넣어 주고, 사람의 마음을 움직일 줄 알아야 한다. 역량과 열정을 이끌어낼 수 있고, 책임질 줄 아는 사람이어야 한다.

리더는 또한 최고의 이야기꾼이어야 한다. 부하에게 좋은 질문을 할 줄 아는 사람이어야 하고, 상사와 동료에게도 리더십을 발휘할 수 있을 때 성공적인 리더가 될 수 있다.

진정한 리더, 성공하는 리더가 되기 위해서는 먼저 사람관계 능력을 개발해야 한다. 리더십은 기본적으로 사람과의 관계인 만큼 사람들을 이해하기 위해 인간의 본성과 기본심리를 알아야 한다.

리더에게는 존중과 관심, 칭찬과 격려, 경청, 상냥한 태도, 정직하고 솔직한 대화능력 등 사람관계 능력이 절대적으로 필요하다. 또한 커뮤니케이션 능력과 설득력에 대해 확실하게 인식해야 한다. 설득력은 리더의 핵심역량이자 공통역량이다. 사람들을 행동하게 할 정도로 효과적인 의사표현을 하고, 분명하고 정확하게 의사를 전달하고 방법을 몸에 익혀야 한다. 중요한 정보를 정확하게 전달하는 능력은 주위 사람들과 원만한 관계를 유지하는데 큰 영향을 미친다.

아울러 동기부여 능력을 갖춰야 한다. 리더는 현재상황에 맞는 다양한 동기부여 능력을 갖추고 있어야만 구성원들을 움직여 무두가 원하는, 즉 조직의 목표를 달성할 수 있다.

또한 감성지능을 지녀야 한다. 풍부한 감성을 바탕으로 접근했을 때 구성원들의 열정과 헌신을 이끌어 낼수 있다.

진정한 리더가 리더십을 발휘하려면 구성원들을 의사결정 과정에 참여시키고 공감대를 형성하여 의사결정을 함으로써 동기부여 되고 자발성이 창출되어 성과를 달성할 수 있다. 또한 부하의 팔로워십 유형과 리더십 유형에 따른 맞춤형 리더십을 발휘하고, 리더십은 상황에 따라 그때 그때 다르게 적용, 발휘해야 한다.

미래는 변화와 창조
그리고 융합의 리더십이 요구되는 시대.

21세기는 정보, 지식 경영의 시대 도래와 더불어 사회의 변화 속도는 점점 더 빨라지고 있다. 이제는 변하지 않으면 도태되거나 죽는다. 세상의 변화에 능동적으로 대처하지 못한 사람은 더 이상 세상의 리더가 될 수 없다. 이 세상에 변하지 않는 진리가 하나 있다면 그것은 '세상에 변하지 않는 것은 없다.' 는 것이다. 일찍이 찰스 다윈도 "살아남는 것은 가장 강한 것도 아니고 가장 똑똑한 것도 아니다. 그것은 변화에 잘 적응하는 것이다."라고 하였다. 변해야 살아남는다. 생각하는 만큼 세상은 변한다.

사회의 많은 변화 중에서 우리들은 특히 전쟁양상의 변화흐름에 항상 주목해야 한다. 전쟁양상은 사회 변화에 따라 점진적으로 진화적으로 발전하여 왔다. 북한군은 정규군뿐만 아니라 20만여 명의 특수전부대와 김일성 주체사상에 빠져 있다. 이는 앞으로 발생할 수 있는 남북한 간의 마찰이나 통일이후 정책에도 직결되는 문제다. 앞으로 북한의 도발위협은 비대칭성에 바탕을 둔 4세대 전쟁형태나 새로운 형태의 5세대 전쟁형태로 진행될 것이다. 국지도발과 전면전, 테러전, 정보전, 사이버전, 정치심리전, 외교전, 여론전 등이고, 이것은 우리 내부의 적과 연결된 다양한 양상으로 나타나게 될 것이다. 이에 대한 깊은 연구와 대비가 이루어져야 한다.

또한 리더는 변화를 읽으면서 아울러 창의성을 갖추어야 한다. 창의성이란 새로운 생각이나 개념을 찾아내거나, 기존에 있던 생각이나 개념들을 새롭게 조합해 내는 것이다. 창의력에 관한 예를 들어본다. 초등학교 교사가 학생들에게 질문하였다.”얼음이 녹으면 무엇이 되느냐”고 물었다. 대부분의 학생들은 “물”이라고 대답하였다. 그러나 단 한 명의 학생만이 “얼음이 녹으면 봄이 옵니다.”라고 답변하였다고 한다. 이러한 발상의 전환, 엉뚱한 생각들이 바로 창의력이다.

미국의 웨스트포인트(West Point Academy)에서도 창의성을 개발하기 위해 '목표는 주되 정답이 없는 교육 프로그램'을 진행한다. 학교가 모범 답안을 가르치는 것이 아니라 스스로 판단하도록 하는 것이다. 이러한 창의력 개발교육을 통해 수준 높은 리더십을 함양시키고 있다.

우리는 창의성하면 거창한 발명을 연상한다. 하지만 얽힌 인간관계를 멋지게 푸는 것, 어려운 협상의 실마리를 찾는 것,

전쟁에서 이기기 위한 시나리오를 준비하는 것도 창의성의 영역이다. 그렇다면 창의성을 키우고 좀 더 창의적이 되기 위해 필요한 것은 무엇일까? 그것은 간절히 원하는 것이요, 문제해결을 위한 지식과 자원의 축적이다. 무언가 돌파구를 찾지 않으면 안 될 때 비로소 창조적 아이디어가 나오게 된다. 창의력과 혁신의 출발점은 시각을 달리하고 생각의 틀을 깨는 것이요, 더 깊이 생각하는 것이다.

이뿐만 아니라 리더는 융합능력을 갖추어야 한다. 학문 간의 경계, 직업 간의 경계를 허물고, 각 분야를 아우르는 융합이 요즘 세상의 큰 흐름이다. 예를 들면 핀란드는 헬싱키 공대(TKK), 헬싱키 예술 디자인대(Taik), 헬싱키 경제대(HSE) 등 3개 대학을 통합해 서로 다른 분야의 융합과 접목을 통한 학제적 연구로 새로운 인재 육성을 시도하고 있다. 국내에서도 융합에 대한 관심이 높아지고 있다. 전쟁에서 성공을 거두려면 우리는 정치, 경제, 사회, 문화, 군사를 아우르는 스펙트럼 전반에 걸쳐 싸울 수 있는 준비가 되어 있어야 한다. 지휘관들은 수행해야 할 전쟁의 본질, 즉 국가에 위협이 되는 것이 무엇이냐를 정확히 인식하고, 문제인식을 바탕으로 계획을 수립하고 훈련을 시켜 철저히 대비해야 한다.

전쟁에서 승리를 대신하는 것은 존재하지 않는다. 우리는 승리를 위해 모든 것을 준비해야 한다. 리더십은 전투에 있어서 가장 중요하다. 리더는 1%의 가능성을 99%의 희망으로 채워가는 사람이며, 비전을 현실로 전환시키는 사람이다. 그러기 위해서는 전쟁양상의 변화를 비롯한 사회 전반의 변화 흐름을 읽으면서 창의력을 발휘하며 전쟁관련 모든 요소를 아우르는 융합의 리더십을 발휘해야 한다. 최후의 승리는 준비된 자에게만 주어지는 최대의 특전임을 명심하고 싸워 이길 수 있는 강군 육성에 매진해 줄 것을 당부한다.

고(故) **정주영** 회장의
3대 철학

　우리나라 사람이라면 현대그룹의 고(故) 정주영 회장을 모르는 사람이 없을 것이다. 많은 사람이 그의 업적과 일화에 대해 알고 있지만 다시 한 번 그 분의 족적을 더듬어 보며 우리에게 남긴 교훈을 되새기고자 한다.

　거북선이 그려진 지폐를 들고 우리 조상이 일찍이 거북선을 만든 우수한 민족임을 일깨워 현대조선소 건설을 할 수 있는 외국의 차관을 얻어내었던 배짱과 기지, 또한 서해 간척사업인 아산 방조제의 마지막 물막이 공사가 유속 때문에 어렵게 되자 폐유조선을 활용해 바다에 가라앉혀 난관을 극복하고 공사를 마무리 지은

'유조선공법' 등 수많은 한국 근대화의 신화를 만들고 큰 업적을 남긴 경제계의 영웅이었던 정주영 회장을 그렇게 만들 수 있었던 사고의 원천이 무엇이었는지를 그의 생활철학을 통해 알아보고 거기에서 교훈을 얻고자 한다.

그의 성공신화의 비결은 남다른 통찰력, 창의력, 사고의 기동성, 추진력 등이 아닌가 생각한다. 이러한 정주영 회장의 정신을 배우기 위해 숭실대학교에서 1997년부터 '정주영 창업론'이라는 강좌를 개설, 현재에 이르고 있음은 다행한 일이라 할 수 있다.

이미 다 알고 있는 내용이지만 그는 어렸을 적에 고향인 강원도 통천의 시골집에서 청개구리가 집뜰의 나뭇가지에 오르기 위해 실패를 거듭하면서도 포기하지 않고 오를 때까지 시도해 결국 성공하고 마는 모습을 보고 '결코 포기하지 않는다.'는 교훈을 배웠다. 또 어느 날 닭장에서 달걀을 훔쳐 가는 쥐의 모습, 즉 한 마리의 쥐가 네 다리로 달걀을 끌어안으면 다른 쥐가 달걀을 안은 쥐의 꼬리를 물고 끌고 가는 모습을 보며 혼자서 안 되는 일도 둘이 힘을 합하면 이뤄내는 '협동의 힘'을 배웠으며, 인천 부두에서 막노동하던 시절 밤에 빈대 때문에 잠을 이룰 수 없자 빈대가 물을 싫어하는 습성을 알고 책상다리마다 물을 채운 세숫대야를 받쳐 놓고 책상 위에서 잠을 이루었으나 다음날 빈대는 머리를 써서 직접 공격이 어려워지자 벽을 타고 우회적으로 접근, '천장에서 정확하게 정주영 회장의 배위로 떨어지는 모양을 보고 '빈대의 지혜'를 터득함 으로써 결코 빈대만도 못한 사람이 되지 말자고 다짐했다.

이러한 그의 세 가지 생활철학은 현대건설·현대그룹을 창업, 성장시키는 원동력이 됐음을 알 수 있다.

이에 우리도 정주영 회장의 철학을 배워 오늘에 활용하는 것도 매우 의미 있다고 본다.

먼저 청개구리의 교훈에서처럼 '결코 포기하지 말라' 는 것이다. 영국의 처칠 수상이 고향의 모교 방문 시 학생들이 모여 있는 단상에 올라가 세계에서 가장 짧고, 가장 명연설이었다고 하는 세 마디 "Never give up, Never give up, Never give up."이라고 외쳤던 것처럼 일단 목표를 설정하면 중도에 포기하지 말고 최선을 다해 달성해야 한다.

다음은 협동심이다. 인생은 혼자 살아가는 것이 아니고 더불어 사는 것이다. 협동·협조정신·팀워크야말로 어려운 일을 쉽게 해결할 수 있는 지름길이다. 현역 시절 책임지역 내 미군부대를 방문했을 때 오래 기억에 남았던 그 부대의 지휘 목표는 '전투준비(readiness), 팀워크(teamwork), 삶의 질(quality of life)' 이었다.

이처럼 조직은 팀워크가 대단히 중요하다. 돌출행위를 하는 지휘관이나 참모보다 협조를 잘하는 사람이 유능한 사람이다. 혼자서는 안 되는 일도 둘 이상이 힘을 합하면 이룰 수 있다는 평범한 진리를 우리는 행동으로 실천할 줄 알아야 한다. 독불장군은 살아가기도 힘들거니와 수용되지도 않는다. 항상 상대방을 배려하고 협조할 줄 아는 사람이 돼야 한다. 쥐만도 못한 사람이라는 말을 들어서야 되겠는가. 협동의 힘, 결합된 힘의 위력을 알아야 한다.

마지막으로 빈대의 지혜를 배워야 한다. 가장 현명한 사람은 모든 사람으로부터 배울 수 있는 사람이라고 하지 않았던가. 우리 주변의 많은 사람들, 특히 정주영 회장 같은 분으로부터 많은 노하우를 배워야 한다. 현인들의 경험·지혜·관찰력과 통찰력을 배워 내 것으로 만들도록 노력해야 한다.

인간의 뇌 세포는 150억 개라고 한다. 그중 우리가 평생 활용하고 있는 것은 10~15%에 불과하다고 한다. 더 많은 뇌 세포를 활용해야 한다. 전쟁도 두뇌의 싸움이요, 지혜의 싸움이라고 하지 않는가. 전사를 통해 전쟁 영웅들로부터 비법을 배워서 일단 유사시에 싸워 이길 수 있는 태세를 갖추어야 한다.

조직을 관리·운영함에 있어 성공 가능한 목표를 세우고 어떠한 난관에 봉착하더라도 포기하지 않고 끝까지 추진한다는 정신과 협동의 정신으로 지혜롭게 업무를 추진한다면 개인의 물론 조직의 발전에 크게 기여할 것이라 확신한다.

국민영웅 박태준

포항제철 신화를 일군 '철강왕' 박태준 포스코 명예회장이 지난해 폐질환으로 별세했다. 향년 84세였다. 각계각층의 조문객이 무려 8만7000여 명에 이르렀으며, 아무런 연고도 없이 무작정 찾아온 시민들은 "우리 같은 사람이 와도 되는 자리인지는 모르겠지만 절 한번 드리고 싶어 왔다"며 그 행렬을 이었다고 한다. 이 마음이 국민들의 마음이 아닐까 싶다. 미약한 산업기반과 기술자립을 이루지 못했던 1970년대, 포항제철에서 '산업의 쌀'인 철을 만들어 내지 못했다면 오늘날 자동차 강국이나 조선 강국도, 세계 10위권의 경제력도, 국민소득 2만 달러 시대도 이뤄내지 못했을지 모른다. 그렇게 보면 우리 국민 중 직·간접적으로 박 명예회장의 혜택을 받지 않은 사람은 없을 듯하다. 분명한 것은 그는 한국을 창업하는 데 크게 기여했고 국민의 삶을 향상시켰으며, 한국 사회가 반드시 기억해야 할 국민적 영웅 중 한 명이라는 것이다.

그렇다면 이러한 기적을 만든 원천은 무엇이며, 어디에서 나온 것일까. 박 명예회장은 육사 6기로 임관 후 6·25전쟁에 참전해 생사의 갈림길 속에 5개의 무공훈장을 받았으며, 이때 철저한 군인의 기(氣)와 투철한 혼(魂)을 새기고 육군소장으로 전역했다. 그분은 또 군 생활을 통해 '짧은 인생 영원한 조국에' 라는 좌우명을 갖게 됐다고 한다. 1992년 광양제철 준공식 다음날 서울 동작동 현충원의 박정희 대통령 묘소를 찾아가 "각하의 명을 받은 지 25년 만에 포항제철 건설의 대역사를 성공적으로 완수했다"고 보고한 후 스스로 매우 기뻐했다고 한다. 그의 정신을 엿볼 수 있는 좋은 일화일 것이다.

그에게 포항제철은 단순한 기업 하나를 세우는 게 아니라 5000년 동안 쌓인 우리 민족의 체념과 패배의식을 불식시키는 역사였다. 그는 포항제철 건설 현장에서 "나는 사장이 아니라 전쟁터 소대장이다. 전쟁터 소대장에겐 인격이 없다"며 임무 완수에 열정을 쏟아 부었고, 마침내 누구도 실현 가능성을 믿지 못했던 세계적인 기적을 만들어냈다. 그의 곁에서 50년을 함께한 동료이자 부하였던 황경로 전 포스코 회장은 "속정 깊은 청렴리더십, 따를 수밖에 없는 분이었으며, 한편으로는 정이 많고 인간적인 분"이었다고 말했다.

박 명예회장의 삶을 통해서 우리는 무엇을 배울 수 있을지 생각해 보았다.

먼저 그에게는 투철하고 완벽한 군인정신이 있었다. 박 명예회장은 항상 뒤에 물러서 있기보다 누구보다 먼저 작업 현장에서 진두지휘하고 솔선수범했으며, 부여받은 임무는 기필코 완수해냈다.

다음은 그에게는 확고한 진성(眞性) 리더십이 있었다. 그의 리더십의 골간은 진실된 품성과 인간성, 정직과 청렴성, 도덕성, 신뢰와 책임감 그리고 창의력에 기반을 두었으며, 그러한 것들이 불가능을 가능하게 했다.

마지막으로 그는 누구보다 절실하고 진정한 애국심을 갖고 있었다. 그는 평생을 나라를 위하는 일, 국민을 잘살게 하는 일에 바쳤다. 애국심은 시대에 뒤떨어진 이야기로 치부할지 모르지만 국가를 위하는 일이 자기 자신을 위한다는 길임을 명심하자.

시대는 다를지언정 그와 같은 헌신과 열정과 비전을 가진 지도자가 많이 나와야 우리나라가 한 단계 더 도약할 수 있다. 한국경제의 태동을 이끈 거목이 세상을 떠났다. 다시 한 번 삼가 명복을 빈다.

24

제갈공명의
통솔력

'삼국지'에는 걸출한 영웅호걸이 수없이 등장한다. 이 책이 많은 사람에게 회자되고 사랑받는 것은 재미있기도 하거니와 그 속에 등장하는 수많은 인물로부터 삶의 지혜도 터득하고 인생을 배우기도 하는데, 특히 우리 군인들은 부하들을 지휘·통솔하는 리더십의 교훈을 얻게 되므로 더욱 친근한 책이다.

그중 촉(蜀)나라 제갈공명의 지휘철학을 되짚어 봄으로써 변하지 않는 진리로 작금의 우리와 연관지어 보고자 한다.

'삼국지'의 저자인 진수(陳壽)는 지도자로서의 제갈공명을 평가하기를 "법을 어기고 태만한 자는 친(親)한 사이라도 반드시 처벌했고, 죄를 인정하고 정(情)을 쏟는 자는 죄가 아무리 무겁더라도 용서했으며, 또한 말재주를 부리고 꾸미는 데 능한 자는 비록 죄가 가볍더라도 반드시 죽였으며, 선(善)은 아무리 작더라도 칭찬하지 않는 일이 없었고, 악(惡)은 아무리 작더라도 벌을 주지 않는 일이 없었으며, 정무(政務)에 정성을 쏟았고, 사생활이 검소했다"고 말했다. 이를 요약하면 제갈공명은 신상필벌로 부하와 백성을 다스리고 또한 법을 집행함에 있어 매우 공평했으며, 매사에 솔선수범했음을 알 수 있다.

리더십은 기본적으로 포용력·통솔력·결단력 세 요소로 구성된다고 볼 때 이 요소를 얼마나 충족시키느냐에 따라 조직의 힘이 커지기도 하고 작아지기도 한다,

여기에서 제갈공명의 철학이자 통솔력의 핵심 요소인 솔선수범(率先垂範)·공평무사(公平無私)·신상필벌(信賞必罰)에 관해 이야기하고자 한다.

먼저 솔선수범해야 한다.

필자가 오랜 군 생활을 하면서 좌우명으로 삼았던 프러시아 군대 격언을 하나 소개한다. "지휘관이 부대를 지휘함에 있어 마음가짐은 우선 솔선수범해야 하고, 그 다음에는 설득해야 하며, 그게 안 되면 강요해야 한다. 그 순서는 바뀌어도 어느 단계를 생략해서도 안 된다"라고 한 것처럼 솔선수범이야말로 리더가 우선적으로 갖춰야 할 덕목

이다. 지휘관이나 상관이 솔선수범하지 않고 언행을 일치시키지 않으면 그 조직은 이미 상하 신뢰가 무너지고 단결되지 않는 조직이다. 윗사람이라는 위치는 참으로 조심스럽고 어려운 자리이기도 하다. 아랫사람에게 모범을 보인다는 일이 어찌 쉽기만 하겠는가. 그러나 윗사람이 도덕성과 인간미가 없고 사생활이 건전하지 못하면서 아랫사람에게만 바람직한 가치관을 요구한다면 웃음거리요, 결코 지켜지지도 않을 것이다. 이 세상에 비밀은 없다. 언젠가는 진실이 밝혀져 경멸의 대상이 될 수도 있음을 마음속 깊이 새겨야 한다.

우리는 상관은 일시적으로 속일 수 있으나 부하를 속일 수 없음을 너무나 잘 알고 있다. 그러므로 자기 자신과 주변관리에 엄격하고 도덕적으로 부끄럽지 않게 살도록 노력해야 할 것이다. 이런 피나는 노력 뒤에 부하들에게 어떤 것을 요구할 수도 있고 강요할 수도 있으며, 그렇게 해야 그들 또한 마음을 열고 따라올 것이라 믿는다.

다음은 업무를 공평무사하게 처리해야 한다.

누가 보든 안 보든, 시키든 안 시키든 규정과 방침에 의해 관리되는 조직이 강한 조직이다. 어느 특정인에 의한 객관성과 합리성이 결여된 특별한 지휘방식은 그 지휘관이 떠나고 시간이 경과하면 소멸되기 쉽다. 따라서 조직의 관리는 법적 근거에 기초해 일관되게 현실성 있고 합리성 있는 규정과 방침에 의해 이뤄져야 한다.

보직과 진급은 공정·공평하게, 그리고 선발된 자와 안 된 자

모두가 수용하고 승복할 수 있어야 한다. 이것이 조직 관리의 핵심이다. 각종 인연에 근거한 편견으로 도당을 만들어 편애한다면 그 조직은 어떻게 되겠는가. 강한 조직을 만들려면 정도(正道)로 가되 균형감각을 갖고 합리적으로 처리해야 한다. 시상(施賞)은 공평하고 처벌 또한 균등해야 한다. 부하들에게 은혜를 베풀고 인간적·인격적으로 대우하며 법 적용 때도 공평을 기한다면 부하들로부터 목숨까지 바칠 수 있는 충성심을 이끌어 낼 수 있으리라 믿는다.

마지막으로 엄격한 신상필벌의 적용이다.

일찍이 손자(孫子)는 "장수가 병정(兵丁)과 친숙해지기 전에 그의 잘못을 벌하면 진실한 복종을 바랄 수 없고, 친숙해진 후 잘못을 벌하지 않으면 마치 교만한 자식과 같아져 쓸모가 없다"고 했다. 신상필벌의 엄격함만으로 부하의 마음을 사로잡을 수 없고 때로는 부하를 아끼는 따뜻한 마음을 지녀야 한다는 이야기다. 부하가 잘못했을 때에 용서 일변도의 지휘관이기보다 잘못을 엄하게 물을 수 있어야 한다.

법이 누구에게나 엄격하게 적용된 좋은 예로 제갈공명의 읍참마속(泣斬馬謖), 즉 사랑하고 아끼는 부하지만 명령을 어긴 마속의 목을 눈물을 흘리며 벴다는 이야기가 있다. 부드러움과 엄격함이라는 양날의 칼을 지닌 분명한 상관이자 지휘관이어야 한다.

위에서 열거한 바와 같이 도덕적·인격적으로 모범적인 삶을 사는 솔선수범과 공평무사한 업무처리, 기본과 원칙에 충실한 신상필벌은 오랜 세월을 뛰어넘어 다시 한 번 제갈공명으로부터 배울 수 있는 통솔력의 진수라 할 수 있다.

싱가포르 **번영과** 리콴유 **리더십**

1986년 국방대학원 학생 시절에 싱가포르를 방문한 적이 있었다. 당시 정부 공직자들과 국민들의 열정과 자신감에 찬 모습을 보면서 싱가포르의 미래를 보는 듯 강한 인상을 받았던 기억이 난다. 천연자원이 거의 없는 자원 빈국이었던 절망의 땅, 서울 크기 만한 면적에 인구 400만의 도시국가인 싱가포르.

1959년 리콴유(李光耀) 수상 취임 당시 1인당 국민소득이 미화로 400달러에 불과했던 나라 경제는 현재 3만 달러로 아시아에서 가장 잘사는 소(小)강국으로 변모해 주변국들의 부러움을 사고 있다. 그 중심에는 리콴유라는 뛰어난 지도자가 있었으며, 그는 싱가포르 국민들로부터 존경받고, 살아 있는 아시아의 현인(賢人)으로 추앙받고 있다. 리콴유 전(前) 수상이 어떻게 하여 일류국가를 만들 수 있었는지 그의 생각과 리더십에 대해 살펴보고자 한다.

한때 그는 사회주의 사상에 심취했었다. 그러나 현실적으로 사회주의란 비용이 많이 들고 인간을 무기력하게 만든다고 자각하고 결별했다. 정치가로서 그에게 가장 가치 있는 일은 이념도 명분도 아니라 "더욱 많은 국민이 더욱 많은 행복과 혜택을 누릴 수 있는 나라 건설"이었으며 이를 위해 가장 중요한 것은 실행과 성취, 그 자체였던 것이다.

그래서 그는 분명한 국가 비전을 제시했고 현재의 일류국가 싱가포르를 탄생시켰다. 싱가포르는 실질소득 3만 달러를 달성한 후 제2단계 도약의 목표로 10·20년 내 1등 국가인 미국·영국·일본 등과 같은 수준으로 진입하겠다고 선포한 상태다. 이러한 비전 실현을 위해 리콴유는 취임 직후 형제들에게 '나를 형제라고 생각하지 마라'며 가족들의 비리의 근원을 차단토록 했으며, 자신도 청렴결백하고 솔선수범함으로써 모든 정치인과 공무원들에게 높은 윤리관과 도덕성을 요구했다. 그랬기 때문에 더욱 소신 있게 정책을 추진할 수 있었다.

이렇듯 리콴유의 통치철학은 명확한 시그널로 국민을 혼란스럽지 않도록 하며, 정책을 시종 일관되게 추진하되 일체의 부정을 배제하고, 존경을 얻되 인기와 여론에 연연하지 않으며, 국가의 이익을 국민에게 환원하기 위해 최선의 노력을 다하는 것 등이었다. 그의 생각과 리더십, 통치철학을 통해 벤치마킹 해야 할 점을 다음과 같이 정리해 봤다.

첫째, 부유하고 깨끗한 일류국가를 만들기 위해서는 그가 제시한 비전들을 통해 국민 모두가 잘사는 길이 무엇인지 배워야 할 것이다.

둘째, 그는 제시한 비전이 현실적으로 국민과 국가가 잘살 수 있는 최선의 길이라고 전 국민이 굳게 믿도록 만들었으며, 그 역량을 한 곳으로 결집시켰다는 점이다.

셋째, 지도자로서 인격과 덕성을 갖추며 도덕적으로 깨끗해 국민으로부터 신뢰와 신망을 얻어 지속적인 정책 추진을 가능케 한 점이다. 무엇보다 수신제가치국평천하를 행동으로 보여준 점은 높이 평가받을 만하다.

넷째, 리더십은 성과로 말한다는 말처럼, 국가 발전과 번영을 행동으로 보여준 점과 선임 장관·고문 장관 등 은퇴 후에도 자리의 높낮이에 연연하지 않고 그의 높은 경륜과 노하우를 지속적으로 국가정책 수립에 반영한 점 등이다.

혹자는 이러한 싱가포르의 번영과 리콴유의 리더십이 규모가 작은 도시국가에서나 가능한 이야기라고 할지 모르나, 그가 보여 준 리더십 역량에 비춰 볼 때 국가 크기와는 상관없이 현세의 가장 이상적인 국가통치 리더십이라고 필자는 생각한다. 우리 모두는 그의 리더십을 배워 군 조직의 발전은 물론 선진 국가 진입에도 앞장서야 할 것이다.

박칼린 리더십

지난해 KBS 방송국의 한 프로그램 에선 기존 진행 멤버들과 오디션으로 선발된 참가자들로 아마추어 합창단을 편성하고 2개월간 연습해 전국합창단 경연대회에서 상을 받기까지의 과정을 방영해 큰 인기를 끌었다. 처음 노래와는 아무 연관도 없는 개그맨 등 연예인들과 각 분야의 일반인들을 모아놓고 합창을 하겠다고 했을 때 사람들은 근래 흔하게 접할 수 있는 오락 프로그램 그 이상도 그 이하도 기대하지 않았을 것이다. 하지만, 여러 모로 서로 다른 멤버가 함께 모여 급조된 오합지졸 합창단은 하나의 목표를 갖고 짧은 시간 안에 누구보다 진지하고 열정적으로 바뀌어 갔고, 시청자들은 그 모습에 열광했다. 언제나처럼 뜻하지 않았던 스타들이 등장했고, 그중에서도 참신한 리더십으로 폭발적인 관심을 끌었던 음악감독 박칼린(Kollean Park)은 특히 사람들에게 큰 감동을 줬다.

한국인 아버지와 리투아니아계 미국인 어머니 사이에서 태어났으며, 미국에서 예술대학을 졸업하고 다시 국내에서 국악작곡학을 전공했다는 조금은 평범치 않은 그녀의 이력보다 더 큰 감동을 줬던 박칼린의 리더십에 대해 이야기하고자 한다.

우리는 요즘 흔히 리더십 부재 사회에서 살고 있다고 말한다. 또 사람들은 리더다운 리더, 제대로 된 리더, 존경받는 리더를 찾기 힘들다고 아우성이다. 그렇기에 2002년 월드컵의 히딩크 감독이나 드라마 베토벤 바이러스의 주인공 강마에처럼 불가능을 가능케 한 리더들의 리더십에 열광했다. 박칼린은 음치와 박치, 자신감이 부족하고 악보 까막눈까지 포함된 최악의 단원들로 구성된 합창단을 통해 불가능을 가능케 한 또 하나의 그녀만의 리더십을 우리에게 보여줬다. 그녀는 전문성과 통찰력으로 오디션을 통해 단원들은 파악하고, 서로 다른 성향과 목소리를 가진 합창단을 차츰차츰 가다듬어 결국 하나의 목소리로 하모니를 만들었던 것이다. 그녀는 동서양을 아우르는 리더십을 구사했다. 기본과 원칙을 중시하며, 엄격하고 공정하면서도 소통과 신뢰를 중요시한 그녀의 리더십은 따뜻하면서도 프로로서 일에 대한 열정과 완성도를 높일 수 있음을 보여줬다.

지금까지 살펴본 박칼린 식 리더십에서 우리가 벤치마킹 할 부분은 무엇이 있을까.

먼저 고도의 전문성을 갖출 때 사람을 이끌 수 있다는 사실이다.

자기 분야에 대한 전문성, 통찰력, 인성을 갖춘 준비된 리더가 돼야 한다.

다음은 리더는 구성원 개개인의 특성과 능력을 꿰뚫어 보는 안목을 지녀야 한다. 구성원의 개성과 능력을 정확하게 진단할 때 부하들은 따른다.

마지막으로 리더는 능력 수준이 일정치 않은 서로 다른 많은 사람을 하나로 모아 성과를 창출해 내야만 한다. 능력 있는 자, 없는 자를 아우르는 리더십과 팀별 특성과 수준에 맞는 맞춤형 리더십을 발휘할 때 성과를 창출할 수 있다.

철저히 준비된 리더가 조직을 성공으로 이끈다. 여기 또 하나 박칼린 리더십의 진수를 배워 실무에 적용해 보기를 기대한다.

사관생도들에게

사관학교는 국가를 사랑하는 사람을 양성하는 곳이며, 또한 동시에 폭넓은 인성교육과 지식교육 그리고 변화를 읽고 창의성을 발휘하는 리더십을 연마하는 장(場)이기도 하다. 내가 누구인가를 자신에게 물으며, 무엇을 위해 어떻게 살아야 할지를 고민하는 시기가 바로 사관생도 시절이며, 이 시기에 얻는 답은 알게 모르게 평생을 함께할 것이다.

군인은 국가 안보와 국방에 대한 전문가 집단으로, 언제든 불시에 생길 수 있는 국내외 분쟁에서 조국을 지켜내는 것이 그 기본 소명이다. 전쟁이란 서로 대립하는 의지 사이의 투쟁이기 때문에 각자 가용한 수단과 방법을 동원하여 목적을 달성하여야 한다. 물론 전쟁이란 근본적으로 예측이 불가능하고, 전투수행은 항상 혼미하고 마찰 그리고 불확실성으로 가득 차 있지만, 승리를 대신하는 것은 존재하지 않는다. 그렇다면 싸워 이길 수 있는 백전백승의 강한 군대를 갖추기 위해 가장 선행되어야 할 것은 무엇일까. 여러 가지 서로 다른 대답이 나올 수 있겠지만, 필자는 지휘관의 리더십에 그 무엇보다 더 무게를 두고 싶다. 현재 시대상황에 맞춰 우리 군이 요구받는 미래의 리더십에 대해 이야기해 보자.

첫째, 미래의 리더는 변화의 흐름을 간파하고 이에 적절히 대처하기 위한 방안을 마련하여 실천에 옮길 줄 알아야 한다. 사회 전반에 걸쳐서 급속한 변화가 이뤄지고 있으며, 이러한 세상의 변화에 능동적으로 대처하지 못한 사람은 더 이상 세상의 리더가 될 수 없다. 군도 예외일 수는 없다. 그러한 변화 중에서 전쟁양상 변화에 대해 알아보자. 전쟁양상은 사회변화에 따라 점진적으로 진화적으로 발전하여 왔으며, 이제 우리도 그 본질을 꿰뚫어 볼 줄 아는 안목을 길러야 한다. 토마스 엑스 함메스(Thomas X. Hammes)는 자신의 저서 《 21세기 전쟁 : 비대칭의 4세대전쟁(The Sling and The Stone; On War in the 21st Century 》(국방연구원 번역 출간)에서 전쟁양상 변화에 관해 언급하고 있다. 지난 수백 년간 발전해 온 전쟁의 양상을 구분하기를 1세대 전쟁은 선과 대형의 전술(나폴레옹 시대), 2세대 전쟁은 화력에 집중하는 양상(1차 세계대전), 3세대 전쟁은 기동(2차 세계대전)에 의한 것으로 나누고, 4세대 전쟁은 정치적 의지를 분쇄(모택동시대 이후)하는 것이며, 4세대 전쟁은 이전 세대의 전쟁양상까지를 포함하며, 강자가 약자를 이기는 지금까지의 고정관념을 뒤집는 새로운 전쟁개념이다. 4세대 전쟁의 특성에는 장기간에 걸쳐 수행되고, 영상매체를 활용하여 자극적인 장면을 연출하여 메시지를 더욱 강력하게 전달하는 것 등이 있다. 앞으로 북한의 군사적 도발 위협도 비대칭적 접근 방식에 의해 이뤄질 것이다.

둘째, 또한 리더는 창의성을 길러야 한다. 창의성이란 급변하는 미래사회에 능동적으로 대처하며, 새로운 시각에서 융통성 있는 사고와 발상으로 가치 있는 아이디어와 산출물을 생산하는 능력이다. 예를 들면 미국 육군사관학교(United States Military Academy)에서는 창의성을 기르기 위해, 목표는 주되 정답이 없는 교육 프로그램을 진행한다고 한다. 전투 중에는 스스로 판단하고 결과에 대해 책임을 져야 한다. 또한 혼돈 상황에서 조직을 이끄는 훈련, 즉 혼란 속에서 다양한 부하들을 수용하며 조직을 이끄는 방법을 체득케 한다. 그러므로서 전쟁터에서 살아남는 리더로 양성되고 최고의 리더로 성장한다고 한다. 우리도 변화를 읽고 창의성을 발휘할 수 있는 리더십 능력을 갖추기 위해 시각을 달리하고, 생각의 틀을 깨며, 더 깊이 생각하여 새로운 것을 창조해야 할 것이다.

셋째, 융합능력을 갖추는 것이다. 새로운 시대에 우리에게 필요한 것은 인문학적 소양과 정보통신기술(ICT: Information and

Communication Technology)이 결합된 통섭(統攝, Consilience)형 인재가 되는 것이다. 통섭은 '넘나들며 큰 줄기를 잡는다'는 의미로 21세기를 살기 위해서는 문과와 이과 간의 경계 등 각 분야를 아우르는 융합능력이 필요하다. 전쟁에서 성공을 거두려면 우리 군(軍)도 정치, 경제, 사회, 군사를 아우르는 서로 다른 분야의 융합과 접목이 필요하다.

넷째, 안보, 국방 분야에 고도의 전문성을 갖추어야 한다. 전투는 전문가의 영역이지 아마추어의 영역이 아니다. 리더들은 성공적인 실행을 위해 고도의 전문성으로써 업무에 통달해야 한다.

다섯째, 앞서 언급된 모든 덕목들에 선행해 리더들이 가장 먼저 갖추어야 할 것은 국가정체성에 대한 확고한 가치관 확립이다. 군대는 대한민국의 정체성을 보전하고 국민의 생존권을 보장해야 하는 국가안보의 주역이기에, 군과 국가의 뿌리가 흔들리는 일이 있어서는 결코 안 된다.

우리 사관생도들은 변화와 창조를 이끄는 좋은 리더가 되기를 기대한다. 사관생도는 우리 군의 미래이자 희망이다. 생도들이 어떤 꿈과 비전을 갖고 오늘을 어떻게 준비하느냐에 따라 우리 군과 국가의 운명이 좌우된다는 사실을 명심하자. 최후의 승리는 준비된 자에게만 주어지는 최대의 특전인 것이다.

신임장교와
전투형 리더

올해(2011년) 3월 4일 진행 예정인 육·해·공군 합동임관식은 대한민국의 늠름한 장교로 새 출발하는 호국의 간성들이 태어나는 날이다. 신임 장교들의 임관을 진심으로 축하하면서 임지를 향한 장도에 건승과 신의 가호가 함께하기를 기원한다. 특히 올해 임관하는 신임 장교들은 3대 세습체제 구축과 강성대국을 완성한다는 명분하에 도발이 예상되는 북한에 대비해 싸우면 반드시 이기는 '전투형 리더'로서의 능력을 함양해야 하는 시대적 소명을 명심했으면 한다.

필자는 임관 후 비무장지대에 소대장으로 부임해 소대원들과 함께 불렀던 군가를 아직도 기억한다. '인생의 목숨은 초로와 같고… 이 몸이 죽어서 나라가 선다면, 아-아-이슬같이 죽겠노라'라는 노래를 흥얼거리며, 젊은 혈기에 북녘을 바라보며 부대원들과 생(生)과 사(死)를 함께하자고 다짐했던 생각이 난다. 우리는 한국전쟁 이후 휴전선 상황을 비롯해 여러 면에서 엄청난 변화를 겪어 왔다. 그러나 변하지 않는 것은 한결같은 북한의 적화통일 야욕이다. 군대의 존재 목적은 전쟁에서 승리하는 것이며, 전투의 승패는 간부들의 능력에 달렸다. 새로 임관하는 장교들이 나라를 지켜낼 수 있는 전투형 리더로 거듭나기를 바라며 필자가 생각하는 바를 정리해 본다.

먼저 전투형 리더의 핵심은 현장에서의 '전투능력'에 있으며, 초급 장교들에게 전투임무 수행 능력은 무엇보다 중요하다. 전투현장에서 효과적인 리더십을 발휘하려면 실력에 기초한 자신감을 바탕으로 완벽하게 임무를 수행하는 모습을 부하에게 보여줬을 때 가능하다. 따라서 전투형 리더가 되기 위해 준비하고 또 준비해야 한다. 강건한 체력, 사격술, 실병 지휘능력, 용기 그리고 적과 싸워 이길 수 있는 확고한 자신감 등을 갖출 때 그 자격을 갖추게 되는 것이다.

특히 신체적 피해의 위험이 따르는 군대에서 용기는 중요한 요소다. 준비는 성공과 승리의 핵심요소로, 철저히 준비하면 그 결과도 준비한 만큼 되돌아온다.

다음은 구성원들의 신상을 알고 함께 동고동락하는 것이다. 전투력의 원천은 또한 부대원들에게 있다. 그러므로 부하들의 실상을 정확하게 알고, 하부 지향적인 근무자세로 바람을 끊임없이 파악하면서 사소한 일에도 정성을 다해 진정으로 부하를 아끼는 애정과 신뢰를 보낸다면 부하들은 위기 시에 생사를 리더와 함께할 것이다. 부하들로부터 진정한 복종과 헌신을 받을 수 있는 리더란 언제나 장병들의 고통과 기쁨을 함께하며, 부하들의 어려운 점을 해결하기 위해 고민하고 노력하는 모습을 보여 주는 리더라야 한다.

마지막으로 전투형 리더는 태어나는 것이 아니라 만들어진다. 모든 리더는 항상 꾸준히 공부해 풍부한 상상력으로 장차 닥칠 전투 실상을 머리에 그리며 준비해야 한다. 특히 야전부대의 초급장교는 최고의 능력을 바탕으로 부하들의 무한한 신뢰를 받으며, 자신감 넘치는 소대장이 돼 주길 기대한다.

장차 군과 사회에서 크고 작은 조직의 리더로 살아갈 신임 장교들에게 행운이 함께하기를 빈다.

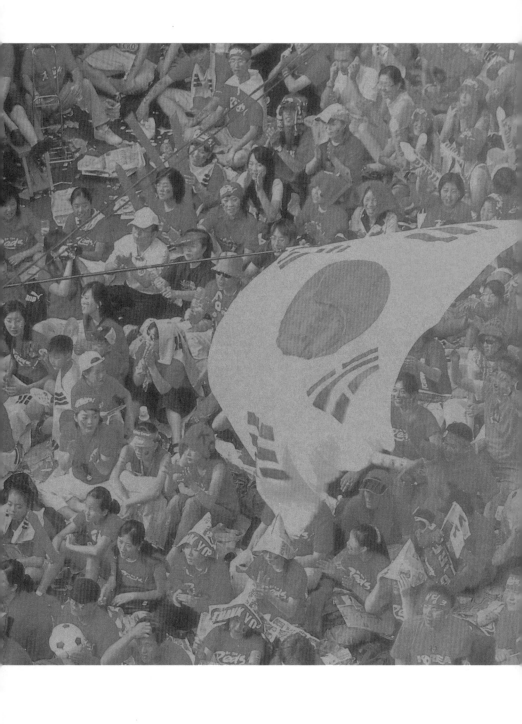

Chapter 04

나라사랑 이야기

호국의 길

　지난해 주미 무관 이서영 장군에게 들었던 흥미로운 이야기 하나를 소개하고자 한다. 미국에선 많은 국민이 군복을 입은 사람을 보면 "Thank you for your service"라고 따뜻하게 인사를 건네며, 심지어 외국 군인인 이 장군에게도 "당신 나라를 위해 군복을 입은 당신에 감사한다."라고 말한다고 한다. 또한 항공기 회사는 이코노믹석에 탑승한 군인을 보게 되면 빈 비즈니스석으로 자리를 옮겨 주는 등 미국에선 사회 각계에서 어떤 식으로든 군인들의 희생과 헌신에 조그마한 성의로 보답하려는 분위기가 만연돼 있다고 한다. 조국을 위해 목숨을 바친 아버지와 아들을 자랑스러워하는

가족들, 그런 이웃들을 진심으로 존경하고 감사해 하는 수많은 미국인을 보며 초강대국 미국의 오늘이 있음은 결코 우연이 아님을 생각하게 된다.

우리는 과연 어떨까. 필자가 근무하고 있는 전쟁기념관에서 주관하는 '호국의 인물' 현양식 때 어느 유가족이 "저희 자식이나 조카들은 호국의 인물로 선정된 삼촌이 그렇게 자랑스럽지만은 않다."라면서 심지어 "죽는 사람만 억울하다. 죽을 필요가 없다."라고 이야기하는 것을 들으며 가슴 아팠던 기억이 있다. 이 땅의 젊은 세대들에게 '전쟁이 일어난다면 어떻게 할 것인가?' 라고 질문했더니 "전쟁이 미치지 않는 캐나다 등으로 가면 된다."고 답한 사람들이 있었다는 이야기에 충격을 받은 적도 있었다. 실상 최근 우리에겐 나라를 위한 헌신에 대한 자부심과 존경심을 찾아보기가 갈수록 어려워지고 있다. '이 땅에 다시 전쟁이 일어난다면 과연 누가 이 나라를 지킬 것인가' 하는 심각한 고민을 하게 되는 부분이다.

우리가 누리는 오늘의 자유와 평화는 나라 위해 목숨 바친 순국선열이나 호국영령들이 있었기에 가능한 일이다. 세계 선진국들은 다양한 방법으로 그들을 되새기고 기림으로써 국가 정체성을 확립해 가고 있으며, 자유와 평화의 소중함을 일깨우고 미래의 희망을 키워 가고 있다. 그러나 지금 우리는 그러한 희생과 헌신에 무관심하거나 혹은 알아도 크게 신경 쓰지 않는 분위기다. 국가와 민족을 위해 희생하고 헌신하는 군인들이 자긍심을 갖도록 하려면 과연 무엇이 달라져야 할까.

먼저 어려서부터 국가의 소중함, 나라를 지키기 위해 희생하고 헌신하신 분들에 대한 고맙고 감사한 마음을 갖도록 가정과 학교에서 바른 정신을 가르쳐야 한다.

다음은 호국하는 마음이 생기도록 사회적인 풍토와 문화가 조성돼야 한다. 나라를 위해 희생하신 분들의 넋을 기리고, 유가족들이 자랑스럽게 느끼도록 정신적·물질적 보상이 충분히 이뤄져야 한다.

마지막으로 국가적 차원이나 사회 각계각층에서 군복을 입은 사람들에게 고마워할 수 있는 총체적인 인식 변화를 일으켜야 한다. 관련 기관의 관심과 노력, 투자가 있기를 기대한다.

현대전은 첨단 무기의 장이라고는 하나 예나 지금이나 전투는 사람이 하며 그들의 마음가짐과 정신력에 따라 승패가 갈리는 경우가 많다. 모든 국민들로부터 제복 입은 군인들이 존중받는 사회, 긍지를 느끼는 나라가 됐을 때 비로소 나라는 흔들리지 않고 굳건히 지켜 낼 수 있다는 사실을 명심했으면 한다.

안보의식과
선진 강군

　대한민국은 단 반세기 만에 놀랄 만한 경제발전과 민주화를 차례로 이루며 세계가 주목하는 성공사례를 만들어 왔다. 우리의 건국 60년, 건군 60년사는 피와 땀과 눈물로 이뤄진 험난한 여정이었지만 전체적으로 가난을 풍요로, 불의를 정의로 극복해 간 성공의 역사였다. 뜻깊은 건군 60주년을 맞아 격변하는 안보현실 상황 하에서 우리 군의 오늘을 짚어보고 우리가 갖춰야 할 선진화한 강군의 길을 말해 보고자 한다.

　최근 중국의 군사대국화, 일본의 방위백서 '독도 영유권' 명기, 러시아의 그루지야 무력침공, 미국의 다음해 국방예산 사상 최대

규모 책정 등 우리를 둘러싼 일련의 상황들은 많은 것을 시사하고 있다. 김정일 사후(死後) 북한의 세습권력 구조가 불안전한 상태이며, 북한 핵문제가 다시 위기로 치닫고 있는 오늘의 안보 현실은 우리를 불안하게 한다.

물론 우리 군은 그동안 어려운 여건 속에서도 괄목할 만한 발전을 이뤄왔다. 이지스체계의 함정보유, F-15전투기, K-2전차 등 첨단화한 무기체계와 C4I체계, 연합 및 합동작전 능력은 많은 진전을 보였다. 또 우리 군대는 세계적으로 인정받는 잘 훈련된 정예 65만 명의 강군을 보유 중이기도 하다.

하지만 그에 못지않게 우리가 풀어 나가야 할 많은 문제들도 남아 있다. 국방개혁2020의 예산획득 보장 문제, 한미연합사 해체 후의 안전보장 등 아직도 갈 길은 멀기만 하며, 무엇보다 안보불감증이 위험 수위에 있다. 현재 전쟁이 일어나지 않고, 안팎으로 적의 도발이 없으니 마치 한반도에 평화가 정착된 것으로 착각하는 것은 아닌가 걱정이 앞선다.

격변하는 동북아의 복잡한 상황 속에서 효과적이고 경쟁력 있는 안보정책은 필수불가결하며, 선진화한 강군을 갖는 것이야 말로 우리 스스로를 우리가 지켜나가는 가장 확실한 길일 것이다. 그렇다면 선진화한 강군을 만들려면 어떻게 해야 할까.

먼저 한국 안보의 3대 지주는 군사적 역량, 안보협력 체제, 국민의 안보의식으로 이 중 어느 하나 부족함 없이 유기적으로 연계해 뒷받침

돼야 한다. 민·관·군이 분리된 상태로는 전승이 보장되기 어렵다. 군은 목숨을 담보로 다른 누구도 아닌 우리를 지키는 국가의 역군이라는 생각으로 국민과 군이 하나가 될 때 확고한 안보 기반이 구축될 것이다.

다음은 군은 국민들에게 유사시 국민의 생명과 재산을 지킬 수 있다는 확고한 믿음을 줘야 한다. 그러기 위해서는 장차전 양상에 부합하는 완벽한 전쟁대비책 확보와 국민에게 좀 더 가까이 다가가는 군 스스로의 변혁을 이끌어 내야 할 것이다.

마지막으로 장병들을 우선적으로 전투기술을 숙달시켜 이겨놓고 싸우는 군을 만드는 전문가로 양성해야 한다. 군대생활은 피할 수 없어 어쩔 수 없이 겪어야만 하는 원치 않는 사역이 아니다. 내 가족, 내 나라를 우리 스스로 지켜 나갈 수 있는 정말 의미 있고 가치 있는 자긍심에 찬 경험인 것이다. 더불어 군 생활을 통해 많은 것을 배워 자기 자신을 발전시키는 기회로 삼을 수 있다면 이야말로 선진 강군을 넘어 선진 강국이 되기 위한 초석일 것이다.

우리 군은 말로만 강한 군이 아니라 속이 꽉 찬 선진화한 군대로 적들이 감히 함부로 넘볼 수 없는 강군이 돼야 한다. '평화를 원하거든 전쟁에 대비하라'는 명언을 마음에 깊이 새기면서 올해는 선진화 한 강군으로 거듭나는 원년이 되기를 기원한다.

100년 전 **국권 침탈**과 호국정신

메이지 일본이 1873년 정한론(征韓論)을 세운 지 37년 만에 1910년 8월 29일 강제로 한일병탄조약을 맺었고 우리 민족은 나라를 잃고 일본의 식민지로 전락했다.

최근에 한국과 일본의 지식인 1118명이 '한일강제병탄 원천 무효'를 선언했고, 간 나오토(菅直人) 일본 총리는 '통절한 반성과 사죄'를 발표하는 등 언뜻 온풍이 불어오는 듯 보이기도 한다. 그런가 하면 동시에 일본에서는 올해 '독도는 일본 땅'으로 표기된 방위 백서가 곧 출간될 예정이라고 한다. 이러한 일본의 이중적 태도와 최근 천안함 사태 등 국내외의 혼란스러운 상황을 보면서, 장차

대한민국의 앞날에 대한 걱정을 떨칠 수가 없다.

우리는 왜 국권을 상실해야만 했는가. 일본을 침략자라고 비판만하기에 앞서 우리 스스로의 문제가 무엇이었는지 깊이 성찰해보고 반성해야 한다. 국권을 상실한 원천적 이유는 나라 혼(國家魂)과 호국정신(護國精神)이 결여돼 나라를 지킬 힘이 없었기 때문이다. 고구려가 700년 동안 강성대국을 구가한 것은 상무정신의 효과였으나, 조선조에 이르러 문(文) 우위, 무(武) 경시·무시로 이어지면서 임진왜란, 병자호란을 겪고 마침내 한일병탄을 맞았는데 이는 바로 상무정신, 호국정신 결여로 당연한 귀결이기도 했다.

또 지배계층의 국가의식 부족과 도덕성 결여가 원인이기도 했다. 군주는 국가경영 능력이 부족했고, 집권층의 부패는 극에 달했다. 나라를 지키겠다는 생각보다 오로지 개인의 이익과 영달만 찾았다. 아울러 일본의 병탄 프로젝트를 경쟁적으로 지지하고 협조한 사람들과 단체들 때문이었다. 친미에서 친러로, 다시 친일로 변신의 귀재였던 이완용과 같은 매국노들과 이용구가 이끌었던 일진회 등 동조세력들이 원흉이다.

일진회는 고종황제의 양위를 독촉하기 위해 궁궐에서 촛불시위를 벌이며 나라를 파는 데 앞장섰던 단체였으나, 병탄이 이뤄지자 나라를 팔기 위해 분주했던 일진회는 해체되고, 나라를 파는 데 앞장섰던 인사들은 이용당한 대가로 일신상의 안락과 부(富)를 누렸으나, 그것은 국가적인 치욕이었다.

힘의 논리와 정글의 법칙이 지배하는 냉혹한 국제사회에서 앞으로 우리가 살아남고 번영하려면 무엇보다 과거의 아픈 역사를 절대로 다시 반복해서는 안 된다. 우리가 역사를 배워야 하는 이유는 이 땅 우리 선조들의 시대적 사건에 담긴 의미와 교훈을 통해 지금 우리 시대를 경계하고 대비해야 하기 때문이다. 그러기 위해서 우리는 무엇을 어떻게 해야 할까.

먼저 문치무공(文治武功)의 시대를 열어야 한다. 즉 문(文)으로 나라를 다스리고, 무(武)로써 나라를 편안하게 해야 한다. 그렇게 하기 위해 상무정신과 호국정신으로 전 국민의 안보의식을 높여 온전한 독립을 보존하고 평화를 지킬 수 있는 국력을 키워야 한다.

다음은 국민은 도덕으로 재무장해야 한다. 국가 지도층은 올바른 가치관 확립으로 부정·부패 등 사회악을 척결하고, 국가경영의 두 축인 경제와 안보에 대한 철학과 소신, 주관이 분명해야 한다. 또 안보에서만은 '우리편 논리'에서 벗어나 국가의 생존과 국익을 우선시해야 한다. 지구상 어디에도 외국에서 자국의 안보를 훼손시키는 일을 하는 나라는 없다. 그것은 내부 분열로 비칠 뿐이다.

마지막으로 다시는 국권을 상실하는 일이 없어야 한다. 경제는 잘살고 못살고의 문제지만, 안보는 나라를 잃고 노예가 되는 국가의 존망과 직결된다는 사실을 전 국민이 명심할 때 국격(國格) 상승도, 우리의 행복과 번영도 보장받을 수 있다고 믿는다.

'군인의 표상'
안중근 장군

　1909년 10월 26일 오전 9시 30분 하얼빈 역에서 울려 퍼진 일곱 발의 총성. 올해는 안중근이 이토 히로부미를 사살한 하얼빈 의거 100주년이 되는 해이며, 내년은 그가 여순 감옥에서 순국한 지 100주년이 되는 해이기도 하다. 아쉽게도 많은 국민이 이러한 사실을 모르거나 혹은 알아도 크게 관심이 없는 것 같다.

　필자는 과거 우연히 접하게 된 저서를 통해 단순히 알려진 독립의사 안중근과는 또 다른 군인 안중근을 접하게 됐고, 이후 많은 관심을 갖고 그의 숨결을 느낄 수 있는 유묵(遺墨-생전에 남긴 글씨나 그림) 전시회나 강연, 관련 도서들을 즐겨 찾아보게 됐다.

안중근, 과연 그는 누구인가?

여유 있는 집안에서 태어나 서당에서 사서오경을 공부한 그는 1905년 을사늑약으로 외교권이 박탈당하고, 1907년 군대가 해산되자 해외로 나와 의병활동을 시작했다. 주목할 만한 사실은 1909년 의거 시부터 순국하실 때까지 안중근은 시종일관 당당히 그의 신분을 '대한의군 참모중장 겸 특파독립대장'이라 밝히며 본인이 군인임을 강조했다는 것이다.

당시 공판장에 선 그는 스스로를 독립군의 주된 장수라고 떳떳이 밝히며, 국가를 위해 목숨 바치는 것이 군인의 본분이라 그 임무에 충실했을 뿐이라며 그 당당함을 잃지 않았다고 한다. 여러 관련 자료를 살펴본 결과 의사이자 투사였던 안중근은 또한 확고한 신념과 투철한 군인정신으로 굳게 무장된 참 군인이었음이 분명하며, 그의 모습은 시공을 초월한 군인의 표상이기도 했다.

당시 독립운동의 기폭제가 됐던 그의 죽음, 국민들의 정신적 지주였으며 민족의 영웅이었던 안중근은 100년이 지난 지금 후대의 후손들에게 무슨 말을 전해 주고 싶을까. 오늘을 사는 우리가 안중근의 정신과 혼, 특히 군인정신의 본질에 대해 이해하고 되새겨 보기 위해 유묵 등 관련 자료들을 통해 그의 이야기들을 살펴보고자 한다.

먼저 '국가안위 노심초사'(國家安危 勞心焦思), '임적선진 위장의무'(臨敵先進 爲將義務)로 군인은 모름지기 항상 국가의 안위를 걱정하고 대비해야 됨을, 또한 적과 대치하면 앞서 나아가 싸우는 것이 장수의 의무라고 강조하고 있다. 평시와 전시 상관없이 항상 군인의 본분을 명심하고 나라가 위태로울 때는 몸소 나서야 함을 이야기하고 계시는 것이다.

다음은 '견리사의 견위수명'(見利思義 見危授命)으로 이(利)를 보면 올바른 것인지 정도(正道)인지 등의 의(義)를 생각하고, 위태로운 것을 보면 목숨을 바치라고 우리에게 알려주고 있다. 목적을 위해 수단과 방법을 가리지 않고 개인의 사리사욕이나 영달만 위하고 국가안위는 뒷전에 두고 있는 것은 아닌지 우리 모두 짚어 봐야 할 것이다.

마지막으로 순국직전 남기신 '위국헌신 군인본분'(爲國獻身 軍人本分)이다. 나라를 위해 목숨을 바치는 것은 군인으로서의 당연한 의무라는 이야기로 군인의 본분을 한마디로 압축시켜 놓은 말이다. 죽음을 맞이하는 순간 두려워하지 않고 당당히 군인의 길이 무엇인지를 말씀하셨던 안중근을 의사 안중근이 아닌, 군인 안중근으로 재인식해야만 하는 중요한 대목이 아닐 수 없다.

최근 사회 일각에서 의사 안중근이 아닌 군인 안중근을 재조명하는 움직임이 태동하고 있다고 하니 정말 반가운 소식이 아닐 수 없다. 나라를 잃으면 모든 것을 잃는다. 다시는 국권을 상실하고 독립과 평화를 잃지 않도록 그 어느 때보다 투철한 국가관과 안보의식이

요구되는 요즈음 일선 지휘관 및 초급 장교들과 함께 참군인이었던
안중근 장군의 군인정신을 나눴으면 한다.

갈등과 분열,
그리고 대한민국

　오랜 역사 동안 우리나라는 인접 강대국들의 정세와 판도에 따라 언제 어떻게 마주칠지 모르는 지정학적 리스크를 운명처럼 안고 살아왔으며, 최근 다시 그 격동적인 파고에 빠져들고 있다.

　한동안 숨죽여 지내던 중국은 결국 G2국가로 부상하면서 외교정책도 도광양회(韜光養晦-때를 기다려 힘을 키운다)에서 유소작위(有所作爲-문제에 적극 개입해 푼다)로 바꾸고 공공연히 북한의 보호자인 양 편향적인 자세로 우리를 압박하고 있다.

　또 한반도 상황에 소외되지 않고 적극적 개입을 원했던 러시아는 이번 연평도 도발 사건의 최대 수혜자로 평가받으며 다시 그

목소리를 키우고 있다. 항상 긴장을 늦출 수 없는 일본은 이런저런 핑계로 다시 재무장 움직임을 보이고 있다.

그러나 오늘 이 순간 3대 세습체제 구축과 민심이반 현상 등 불안한 내부사정을 풀어나가기 위해 위기상황을 조성하고 있는 북한보다 더 무섭고 치명적인 것은 최근 부쩍 심해지고 있는 우리 내부의 갈등과 분열일 것이다.

우리 역사에서 갈등과 분열로 인해 빚어졌던 불행했던 역사를 떠올려 보자.

400여 년 전 일본에 통신사로 다녀온 정사이자 서인(西人) 황윤길은 '반드시 일본의 침공이 있을 것' 이라고 조정에 보고했으나, 부사이자 동인(東人)인 김성일은 침공을 알면서도 당론에 의해 '반대의견' 을 주장했다. 그 후 조정은 의미 '없는 당쟁으로 적지 않은 시간을 소모하다 결국 아무 대비 없이 임진왜란을 맞았으며, 7년 동안의 전란을 겪으면서 백성들은 말할 수 없는 고통과 아픔을 겪어야 했다. 또한 100년 전 국권피탈의 직접적인 원인 역시 내부의 분열과 혼란이었음을 우리 역사가 생생하게 기록으로 남겨 줬다.

8 · 15 해방 이후 미국의 군정시대 역시 국론이 분열되고, 좌파와 남로당 활동이 활발해 정세를 오판케 함으로써 민족상잔의 비극을 자초했음은 오늘의 우리 현실과 많은 유사점을 보인다. 역사는 단지 흘러간 과거가 아니라, 그것은 현재인 동시에 미래의 거울이란 말처럼 오늘의 현실에서 무엇을 느끼고, 배우고, 대책을 강구할

것인가를 고민해 봐야 할 시점이다.

　그렇다면 어떻게 해야 현재의 분열과 갈등구도를 탈피, 단합된 모습으로 나라를 지킬 수 있을까. 먼저 우리 모두의 전쟁과 평화에 대한 인식이 전환돼야 한다. 비위를 맞추고 요구를 들어주면 평화고, 일전을 불사하고 나라를 지키는 것은 바로 전쟁이라는 시각을 바꿔야 한다. '폭력은 더 큰 폭력 앞에서만 꼬리를 내리고', 특히 '공산주의자들은 정세가 불리하면 협상하고 유리하면 무자비하게 짓밟고, 약자에 강하고 강자에 약하다.'는 속성을 꿰뚫어야 한다. 힘의 우위를 확보해 적의 도발을 강력하게 응징하겠다는 확고한 의지가 평화를 보장받을 수 있다는 점에 유의해야 한다. 또 쉽지 않겠지만 정부 차원에서 갈등과 분열의 원천적 해소를 위해 사력을 다해야 한다.

　지난 2010년은 그 어느 때보다 우리 내부의 갈등과 분열이 심한 해였다. 새해는 우리 온 국민이 하나 됨으로써 단결된 힘을 발휘해 우리 조국 대한민국을 지키고 더욱 굳건히 할 수 있기를 희망한다.

위안부 할머니들의
절규와 역사적 교훈

　무표정해 보이는 한복차림의 단발머리 소녀가 있다. 그녀가
한겨울 추위에도 아랑곳하지 않고 눈썹에 힘을 준 채 두 주먹을 꼭
쥐고 의자에 앉아 뚫어지게 쳐다보는 곳은 다름 아닌 서울 종로구
중학동 주한 일본대사관이다. 1992년에 시작된 위안부 할머니들의
일본대사관 앞 수요 집회 1000회를 맞아 시민 모금으로 제작된
'평화비'라는 이름의 청동 소녀상 이야기다. 정부에 등록된 위안부
할머니들은 234명, 그중 현재 생존하신 분은 63명이라고 한다.
이제껏 할머니들은 '일본 정부가 위안부에 대한 사실을 인정하고
공식으로 사과하며 법적 보상을 하라'며 피맺힌 외침을 이어왔으나,

일본 정부는 1965년 한일청구권 협정체결로 모든 것이 청산됐다며 시종일관 무반응이다.

그나마 다행인 것은 최근 위안부 징집, 위안소 관리 등을 일본군이 직접 했다는 사실들이 입증되고 있으며, 위안부 문제가 이슈화돼 국제사회에서 일본의 입지 또한 좁아지고 있다는 것이다.

지난해에는 8개 국 72개 도시에서 많은 사람이 일본의 위안부 만행을 동시 다발적으로 규탄하기도 했다. 무엇보다 과거나 지금이나 변하지 않는 일본 정부의 뻔뻔한 행태에 분노를 느끼지만, 그보다도 이러한 뉴스들을 먼 나라 해외 토픽이나 가십거리 정도로 흘려보내는 젊은 세대들을 볼 때면 답답하고 가슴 한편에 자리 잡는 서글픔을 지울 수가 없다.

나라 잃은 설움과 전쟁의 고통을 가장 뼈저리게 체험하고 그 시간들을 지우지 못한 채 살아오신 위안부 할머니들. 고(故) 김정순(89) 할머니의 "나는 죽어서 다시 태어난다면 남자로 태어나서 군인이 되고 싶어. 그래서 이 나라를 잘 지키고 싶어, 빼앗기고 짓밟힌 게 너무 억울하고 원통해서…"라는 절규는 우리에게 큰 울림을 준다. 1636년 병자호란 때 청에 굴욕적인 항복을 한 후 강제로 끌려가 먼 이국땅에서 가까스로 돌아온 사람들, 그중 여자들은 환향녀라 불리며 무슨 죄인처럼 손가락질 받고 심지어 사대부 집안에서는 절개를 지키지 못했다며 자결을 요구한 부끄러운 역사를 우리 젊은 세대들은 잘 모를 것이다. 1866년 강화도를 침략한 프랑스군에 의해 강탈당한 귀중 도서들이 최근 여러 사람의 노력으로 145년 만에 고국을 찾았으나 돌아온 사실만 강조할 뿐, 왜 빼앗겼는지에 대해선 또 설명이 없다. 이러한 비극들은 값비싸게 경험한 역사적 교훈들을 등한시하고 나라를 지킬 준비에 소홀해 힘이 없어지면 여지없이 반복돼 왔다. 이러한 불행한 역사를 되풀이하지 않으려면 어떻게 해야 할까. 먼저 그 무엇보다 뼈아프고 치욕스러운 역사를 가슴 깊이 새기고 더 이상 망각치 말아야 한다.

전 국민이 반드시 잊지 않도록 알리고 또 알려야 한다. 교과서나 매스컴 등을 활용해도 무방할 것이다. 나라를 스스로 굳건히 지킬 수 있는 강한 힘을 갖추고 항시 유지해야 한다. 국가를 지탱하는 힘은 지도자들의 사명의식과 리더십, 그리고 드높은 국민의식을 기반으로 하는 강대한 국력이 있을 때만 가능하다. 또 국가안보는 군인만의 몫이 아니라 우리 국민 모두의 몫이라는 사실을 인식해야 한다. 전투는 군인이 하지만 전쟁은 국민 모두가 참여하는 총력전이기 때문이다.

동서고금을 막론하고 전쟁에 패하면 가장 큰 피해자는 그 땅에 사는 백성이다. 자유와 평화 그리고 행복은 그것을 지키고 보호할 수 있는 자만이 진정으로 누릴 수 있다는 사실을 명심하자.

태극기와 애국가
그리고 **애국심**

　3월이 되면 1919년 3월 1일 만 17세의 가냘픈 소녀의 몸으로 독립만세 운동에 가담한 유관순을 생각한다. 조국을 위해 목숨을 걸고 떨쳐 일어섰던 선열들의 용기를 기리며, 또 후손들의 애국심을 고취하기 위해 4대 국경일 중 하나로 지정된 삼일절의 달을 맞아 우리에게 태극기와 애국가는 과연 어떤 의미이며, 애국심이란 무엇인가에 대해 생각해 본다.

　어느 초등학교에서 선생님이 학생들에게 '애국심을 그림으로 그려오라'는 재미있는 숙제를 내줬다. 그 다음날 놀랍게도 75%의 학생들이 태극기를 그려 왔다고 한다. 딱히 다르게 표현할 길이 없었을 수도 있겠으나, 그 어린 학생들에게 '태극기는 곧 애국심'으로 보였던 것은 아닐까.

또 미국의 한 야구경기장에서는 경기 중 발생한 야구팀 간의 다툼이 일순간 관람객 사이에서 인종 간 싸움으로 번져, 경찰력까지 투입됐으나 수습이 되지 않았다. 그러자 관람석의 관중 한 명이 본부석으로 찾아가 '미국의 국가'를 방송으로 내보내 달라고 요구했고, 방송이 나오자 정말 거짓말처럼 그 큰 싸움이 멈췄다고 한다.

국기(國旗)나 국가(國歌)의 상징성, 그 뒤에 숨겨진 위력은 정말 우리가 상상하는 그 이상일 것이다. 그러나 최근엔 우리 학교의 교실에서 태극기가 사라지고, 많은 단체의 모임에서 태극기와 애국가를 멀리하고 있다 하니 걱정이 앞선다.

필자가 PKO업무 협조 차 케냐의 나이로비를 방문했을 때 어느 음식점에서 태극마크가 부착된 우리 유니폼을 보고 백발의 서양인이 한국인이냐고 물으며 "나도 한국 전쟁에 참전했다."며 반가워하는 모습에 순간 가슴이 뭉클해지며 조국을 다시 한 번 생각하게 됐다.

애국심이란 자기가 속한 나라를 사랑하고 거기에 헌신하려는 의식과 태도를 말한다. 물론 최근엔 애국심 마케팅 등 부정적 측면이 없지 않으나, 그래도 애국심 없는 국가발전은 상상할 수 없을 것이다.

따라서 우리는 과연 어떻게 우리의 애국심을 고취하고 이 나라를 더욱 굳건하게 만들 수 있을까.

먼저 국가의 정체성을 확립하고, 국가의 필요성을 느낄 수 있는 환경을 조성해야 한다.

국가 정체성이란 소속감, 애국심, 하나라는 걸 느낄 때다. 2010밴쿠버 동계올림픽에서 태극기가 게양되고 애국가가 울려 퍼지면 왠지 눈에 눈물이 나는 것도 애국심의 표현이 아닐까. 국가 · 민족 · 동포에 대한 사랑 없이 국가 번영이란 있을 수 없다.

다음은 교육기관이나 군대 등 모든 기관 · 단체에서 치욕의 역사를 가르치는 데 한 치도 소홀함이 있어서는 안 된다. 절대 부끄럽거나 숨겨야 할 역사의 한 부분이 아닌, 다시는 이 땅에서 국난을 겪는 일이 없도록 우리가 거울로 활용해야 할 소중한 기록인 것이다. 나라를 잃었을 때의 아픔을 교육시키는 것은 우리의 당연한 의무일 것이다.

요즈음은 글로벌 시대라고 하나 국가가 없는 글로벌화란 있을 수 없다. 글로벌 시대에도 그 저변에 확고한 국가관과 애국심이 있을 때 세계 속의 한국이 될 수 있는 것이다. 자칫 글로벌화만 강조하다 보면 모래 위에 건물을 짓는 것과 같이 언제 무너질지 모른다.

마지막으로 애국심을 바탕으로 나라를 지킬 강한 힘을 키워야 한다. 나라를 지킬 힘이 없어 국권도 생존권도 뺏겼던 뼈아픈 역사를 잊어버린다면 또다시 그 전철을 반복하게 될 것이다.

2010년부터 향후 10년이 우리나라의 국운을 결정하는 중요한 시기라고 말한다. 2002년 월드컵 때 태극기 아래 전 국민이 하나로 똘똘 뭉쳐 환호했던 그 힘으로 다시 뭉쳐 세계 속의 한국, 국격(國格)이 높은 선진 조국건설에 모두 앞장서자.

유대인의 우수성과
저력의 원천

5000년의 역사를 지닌 유대민족은 서기 70년 로마 제국에 의해 왕국이 멸망한 뒤 전 세계를 떠돌며 사연 많은 오랜 유랑생활을 겪어야만 했다. 1948년 마침내 아시아 서부 지중해 연안 면적 2만여 ㎢의 땅에 이스라엘이라는 국호로 독립했다. 이스라엘의 인구는 690만여 명이며, 현재 세계에 흩어져 있는 유대인들과 합하면 대략 1500여만명 으로 알려져 있다.

그리 많지 않은 인구에도 불구하고 경이로운 사실은 역대 노벨수상자의 30%와 미국 내 최고부자 40명 중 절반이 유대인이며, 세계적으로 이름을 떨친 무수한 학자들과 예술가들이 또한 유대인이라는 사실이다. 또 독립 이후엔 중동 주변국들의 국가 존립 위협으로부터 굳건히 나라를 지켜냄은 물론이거니와 현재 세계에서 경제·과학·군사적으로 이름을 널리 알린 강대국 중 하나가 돼 있다.

그 우수성과 저력의 원천은 과연 무엇일까? 그 비결과 힘의 원천은 아마도 천년을 이어온 지혜의 샘, 탈무드와 그에 따른 그들만의 교육과 지속적으로 함양해 온 민족정신 등일 것이다.

먼저 세계 곳곳에서 부(富)와 성공을 일궈낸 유대인의 성공 비결은 그 교육법에 있다. 그들은 탈무드의 가르침인 끊임없는 질문과 답변의 반복을 통해 토론의 중요성을 강조하고 실천한다. 유대인 두뇌계발의 비밀은 바로 상상력과 창의력 개발에 있다. 창의력 개발을 위해 가장 많이 이용하는 것이 미술이라고 한다. 유대인의 유아 수업은 정해진 대상을 보고 그리는 것이 아니라 이야기를 들려주고 감상이나 기억에 남는 것을 그림으로 표현하도록 유도하는 등 창의력 개발에 많은 비중을 두고 있다.

다음은 유대인들은 후손에게 자신이 누구인지 그 뿌리를 알게 하기 위해 많은 정성과 시간을 투자한다. 특히 이는 흥미롭게도 주로 자식의 교육을 도맡아 온 어머니들의 힘에 크게 좌우된다. 따라서 그들의 사회에선 유대인 어머니에게서 태어난 아이는 유대인이지만, 유대인 아버지와 그렇지 않은 어머니 사이에서 태어난 아이는 유대인이 아니라는 특이한 규정을 갖고 있다고 한다.

마지막으로 유대민족의 가장 큰 힘은 민족정신, 특히 지속적인 민족정신 교육에서 나온다. 이스라엘군의 임관 선서는 마사다(이스라엘의 요새, 서기 73년 유대인들이 로마군에 마지막으로 항전한 곳)에서 하며, 잊어서는 안 될 전쟁인 마사다 항전을 지속적으로 되새김으로써 애국심 고취는 물론 그들 스스로를 강하게 육성해 가는 것이다.

사실 우리민족과 유대민족은 참으로 많은 유사점을 갖고 있다. 과거 고난의 역사는 물론이거니와 그를 이겨낸 국민들의 정신력, 현재의 부와 성공을 일궈낸 민족의 우수성과 저력 등이 그것일 것이다. 하지만 살펴보면 우리 역시 그들에게 배울 것이 많은 것 또한 사실이다. 특히 교육에 관련된 많은 부분들, 창의력과 상상력 개발, 토론문화의 정착과 잘 살기 위한 가치관 정립으로 더욱 더 뻗어가는 세계 속의 한국을 만들도록 노력해야 한다.

무엇보다도 또 과거 치욕과 굴욕의 역사를 결코 잊지 않고 마음에 새기며 그것을 현재와 미래의 발전 원동력으로 승화시키는 그들의 저력을 우리는 반드시 본받아야 할 것이다. 불과 백여 년 전 참담했던 국치의 역사조차 잊혀져가고 있는 우리의 현실과 몇 천 년 전 과거의 치욕을 되새기며 오늘을 다지는 유대인들을 보면서 많은 생각을 하게 된다.

역사적 **교훈**과
강군의 길

무자년 새해를 맞은 지 엊그제 같은데 벌써 2월이다. 선조들의 말처럼 세월이란 문틈으로 천리마가 지나가는 것을 보는 것과 같이 빠르기만 하다. 새로운 정부가 출범한 올해는 국가 성장과 발전에 있어 터닝포인트가 되는 중요한 시기이다.

이러한 때 필자는 국군 장병들과 함께 역사적 교훈을 통해 우리 군이 가야 할 길에 대해 이야기를 나누어 보고자 한다.

빈틈없는 안보, 경제 도약 뒷받침

제2차 세계대전이 끝난 후 지구상에는 140여 개의 신생 독립국이 탄생했으며 우리나라도 그중 하나였다. 한국은 단기간에 경제적으로 비약적인 성장을 이루었으며 정치적으로도 민주화된 나라로 다른 신생 국가들에 모범 사례로 부러움과 벤치마킹의 대상이 되고 있다.

1960년대까지만 해도 아프리카에 있는 가나와 한국의 1인당 국민소득은 비슷했다. 하지만 지금은 아프리카에 있는 53개 국의 국민총생산액을 합한 것보다 한국의 국민총생산액이 더 많다고 하니 이제는 어깨를 펴고 자긍심을 가질 만하다.

반면 북한 핵 문제가 해결되지 않았고, 국민의 안보 불감증은 위험 수위를 넘고 있으며, 한반도를 둘러싼 주변 강대국들은 군사 대국화를 통한 패권 다툼 중이다.

또 유가 폭등으로 인한 물가 상승과 양극화의 심화, 그리고 실업자의 증가 등은 우리나라가 또 다른 위기를 맞고 있음을 보여주고 있다.

지난해 대통령 선거를 통해 새롭게 탄생한 신 정부는 잘사는 경제, 행복한 국가를 만들겠다며 국민들에게 희망을 주고 있다. 많은 어려움이 따르겠지만 잘 극복해 내리라 기대한다. 이러한 때에 우리 군은 거듭나는 조국을 든든히 지키고 더욱 발전시키기 위해 빈틈없는 안보로 경제 발전을 위한 뒷받침이 되어야 하겠다.

'징비록'에 담긴 뜻

조선을 일본으로부터 구한 성웅 이순신 장군을 천거한 사람이 바로 서애 류성룡이다. 그는 임진왜란과 정유재란 시에 병조판서와

3정승을 지내면서 직접 조선과 일본 간의 7년 전쟁을 치러 낸 주인공이다.

그는 전란이 끝난 후 고향인 안동으로 낙향해 '1586년 일본 사신이 우리나라에 왔을 때부터 1598년 이순신 장군의 죽음'으로 마무리 될 때까지의 기록을 국보 제132호로 지정된 '징비록'에 정리했다. '징비록'이란 '지나간 일들을 징계(懲)하고 뒷근심이 있을까 삼가(毖)노라'는 뜻이다.

'징비록'을 통해 그가 후손들에게 전하고자 했던 이야기는 "한 사람의 정세 오판으로 천하의 큰일을 그르치는 것을 경계하라는 것과, 국민이 안보를 모르면 적에게 나라를 넘겨주는 것과 같고, 유사시 공조를 취할 수 있는 효과적 동맹 관계를 형성해야 한다."는 것이었다.

그는 오랜 집필 기간 노고를 감내하며 우리들만은 역사적 교훈을 통해 '유비무환'의 정신으로 무장하기를 간절히 바랐던 것이다.

뼈아픈 치욕의 역사에서 교훈을 배우지 못하는 민족은 반드시 과거와 같은 잘못을 반복하게 된다는 사실을 정묘호란·병자호란 등의 역사가 말해 주고 있다. 우리 모두 "천하가 비록 평안할지라도 전쟁을 망각하면 반드시 위기가 온다."는 사마천의 말을 머릿속에 항상 기억하자.

굳건한 국방력 없는 평화는 허구

이와 같은 역사적 교훈을 되새기면서 군의 존재 목적은 무엇이며,

강군의 모습은 어떤 것일까와 성공적인 부대 관리를 위해 무엇을 어떻게 할 것인지에 대해 알아보고자 한다.

군의 존재 의미는 전쟁을 억지하고 국가 존망과 국민의 생사를 좌우하는 전쟁에서 승리함으로써 국가와 민족의 영속성을 유지하는 것이다. 평화를 지키기 위해서는 힘이 있어야 한다는 것을 우리는 역사를 통해 너무나 값비싸게 배워 왔다.

힘이 없이는 평화를 지킬 수 없다. 정예 강군만이 이 땅의 평화를 지킬 수 있고 국토를 지킬 수 있으며, 굳건한 국방력의 뒷받침 없는 평화는 허구인 것이다.

그렇다면 강군의 모습이란 도대체 어떠한 것일까. 강한 군대란 적이 두려워하는 군대, 적과 싸우면 반드시 이기는 군대를 말한다. 그런 군을 갖추기 위해서는 적과의 무기 경쟁에서 우위를 확보, 완벽한 전투 준비 태세를 갖추고 탁월한 전쟁 수행 능력을 구비해야만 한다.

그러나 보다 중요한 것은 전투 의지 고양을 위한 정신 전력 배양에 있다. "피 흘릴 각오 없이 승리를 얻고자 하는 자는 피 흘릴 것을 불사하는 자에 의해 반드시 정복된다."는 카를 폰 클라우제비츠의 말을 상기하자.

너무 고전적인 이야기일지 모르겠으나 전쟁은 뛰어난 무기와 장비만으로 좌우되지 않는다는 것을 우리는 잘 알고 있다. 따라서 장차전 양상을 고려한 실전과 같은 교육훈련을 통해 잘 훈련되고 고도로 교육되어 적절히 유도된 절대적 무기로 장병들을 만들어 가야 한다.

손자가 말한 '상하 간에 동일한 개념을 갖는 군대'(上下同欲者勝)로 '상하가 한마음 한뜻으로 생(生)과 사(死)를 함께할 수 있을 때' 강한 군대가 될 수 있다. 또 하나 중요한 것은 국민으로부터 절대적인 지지와 성원, 그리고 신뢰받는 군대가 되어야 한다는 것이다. 신뢰받는 국민의 군대야말로 진정 강군이라 할 수 있기 때문이다.

그러기 위해서는 전쟁이 일어나면 승리의 믿음을 주는 군대, 국가 발전에 생산적으로 기여하는 군대의 모습을 갖추어야 하겠다.

군은 국가 발전의 버팀목

강군 육성을 위한 성공적 부대 관리란 무엇일까.

먼저 부대 관리의 키포인트는 창의적으로 업무를 수행하며 규정과 방침에 의한 부대 관리와 조직의 풀가동, 그리고 팀워크 등이다. 이는 막힌 곳을 뚫어 주고 고인 것을 흘러가게 하며 무리를 순리에 따라 하도록 바꾸어 주는 것이다.

아울러 의사소통 활성화로 모든 구성원을 의사 결정에 참여시켜 공감대를 형성함으로써 자발적으로 행동하게 해야 한다. 상하 간에 서로를 인간적·인격적으로 대우해 주고 존재 가치를 인정해 주며, 따뜻한 가슴으로 관심을 보여 주고 섬길 때 비로소 하나가 되고 조국과 지휘관에게 목숨 바쳐 충성하는 강군을 만들 수 있다.

다음은 간부들의 지휘통솔력이다. 지휘관리 미비에 의한 악성 사고 야말로 군의 사기는 물론 국민으로부터 군을 멀어지게 만든다. 이러한 사고가 발생하기까지는 상당 기간 동안 사고 요인이 잠재하게 된다.

그러므로 사고 발생의 요인과 어느 부분에서 발생할 것이라는 것을 예견하고 예방 대책을 세워야 한다. 부대의 모든 장병은 긍정적인 사고로 지혜롭게 행동해야 하고 부대원 상호 간에 신뢰하는 조직을 만들어야 한다. 특히 군의 간부들은 부하들로부터 존경과 믿음을 얻기 위해 훌륭한 인격과 품성을 갖추고 도덕성을 구비해야 한다.

끝으로 국제사회는 힘의 논리와 국가 이익이 최우선 되는 사회다. 이런 현실을 직시하고 우리 국가의 생존과 번영을 뒷받침하기 위한 강력한 군대를 만들어야 한다. 군이 전쟁에서 패배하면 나라가 망한다.

역사는 말해 준다. "평화를 원하거든 전쟁에 대비하라. 그리고 우리를 지켜 줄 사람은 바로 우리 자신"이라고. 그래서 군인은 평화에 대한 봉사자인 것이다.

장병들, 특히 간부들은 '미래를 정확히 예측하고 준비하는 군, 거리 및 공간 개념을 초월한 지휘통제 및 정보 공유 능력, 군인 및 가족의 삶의 질 향상 등을 통한 강군 육성'에 모든 역량을 경주, 국가 발전의 튼튼한 버팀목으로서의 역할을 다하기 위해 적극 동참해 주기를 바란다.

Chapter
05
제복과
함께한 세월

강인한 **정신력**이
전승을 보장한다

천안함 폭침사건에 연이어 연평도 에서 기습 공격을 당한 대한민국은 휴전 이후 최대의 위기를 맞고 있다.

사실상 김정은 3대 세습을 추진하고 있는 북한 정권이 불안정한 국내외 상황을 타파하고 내부 결속을 강화하기 위해 앞으로 상상을 초월한 추가 도발을 감행할 가능성은 매우 높다.

새로 부임한 김관진 국방부장관은 취임 일성으로 현존전력 극대화와 무형전력강화 등 다섯 가지 긴요 과제를 제시하며 '군대다운 군대' '탄탄한 국방태세 확립'을 다짐했다. 그중 필자는 특히 정신전력에 대해 이야기해 보고자 한다.

한국군의 현 실상을 진단해 보면 상당수 장병들이 국가 정체성에 대한 확고한 신념이 결여돼 있으며, 왜 군복을 입고 목숨을 바쳐 이 나라를 지켜야 하는지 그 이유를 모르는 것 같다.

또 장교들의 정신전력과 결부된 리더십 발휘 역시 턱없이 부족한 실정이며, 그에 따른 군 대비태세의 무기력함과 무형전력 약화는 이제 총체적으로 안보 시스템 상 많은 문제점들을 하나둘 드러내고 있다. 그렇다면 앞으로 우리 군의 정신전력을 더욱 더 강화하려면 어떻게 해야 할까. 가장 기초적이면서 기본적이고 가장 중요한 사항을 정리해 본다.

첫째, 무엇보다 국가 정체성 확립이 우선돼야 한다. 우리가 자유민주주의와 시장경제체제로 아픈 역사를 딛고 다시 일어서 눈물겹게 이뤄 놓은 세계 속의 오늘의 대한민국, 우리 조국을 지켜내기 위해 군은 확고한 신념으로 언제든 목숨 바칠 각오가 돼 있어야 한다. 이는 국방예산만으로 이뤄낼 수 없으며, 국가 정체성 확립에 의해 그 해결책을 얻을 수 있을 것이다.

둘째, 주적을 분명히 해야 한다. 지구상에서 가장 호전적인 북한과 대치하고 있다는 사실을 자각하고 북한의 실체를 직시해 주적 개념을 분명히 함으로써 적개심을 고취하고 전투 의지를 고양해야 한다. 또 한국 내 북한 추종세력들의 실체와 위험성을 숙지하고 대책을 강구해야 한다.

셋째, 공정한 군을 만드는 것이다. 군 인사는 예측 가능하고 검증된 사람으로 공정하게 함으로써 신뢰 풍토를 만들고, 부정부패와 부조리를 척결하며, 직속상관에게 충성하도록 만드는 제도적 보완과 업무의 공평무사, 신상필벌, 솔선수범이 이뤄질 때 비로소 정신무장도, 정신전력도 강화된다는 사실에 주목해야 한다.

넷째, 필승의 신념과 불패(不敗)정신을 갖는 것이다. 안중근 장군의 '위국헌신 군인본분(爲國獻身 軍人本分)', 이순신 장군의 '필사즉생(必死卽生 : 죽기를 각오하고 싸우면 산다)'의 자세와, '피를 흘릴 각오 없이 승리를 얻고자 하는 자는 피 흘릴 것을 불사하는 자에 의해 반드시 정복된다'는 클라우제비츠의 말처럼 유사시엔 피 흘릴 각오가 돼 있어야 나라를 구할 수 있다. 가장 강한 군대는 죽음을 두려워하지 않는 군대요, 가장 약한 군대는 두려움에 사로잡힌 군대라는 사실을 수많은 전사(戰史)가 입증해 준다.

다섯째, 군 정신교육의 중점은 왜 싸워야 하는가와 자신감 배양에 둬야 한다. 사실 사회와 분리된 정신교육은 그 실효성이 반감된다. 군 복무 기간이 짧은 장병들은 초 · 중 · 고교 학생시절부터 올바른 안보교육을 받아야 하지만 실상은 그러지 못한 것이 현실이다. 그래서 더욱 더 군내 정신교육에 체계와 내용을 보완해 그 깊이를 더해 가야만 하는 것이다.

또한 안보교육은 주입식 교육보다 공감대 형성과 내면화될 수 있도록 토론식과 체험식 교육이 바람직하며, 지휘관 및 간부교육이 선행돼야 한다.

자유와 평화는 지키려는 의지를 갖고 철저히 준비하는 자에게만 주어지는 특권이다. 경제는 무너져도 다시 일으켜 세울 수 있지만 안보는 한 번 무너지면 나라를 잃는다는 사실을 인식하고, 안보에 관해서는 군만이 아닌 전 국민이 하나가 될 때 최강의 안보태세를 갖출 수 있다.

　안보는 말로 지켜지지 않는다. 행동으로 보여줄 때만이 지켜진다. 오늘 우리가 하고 있는 안보에 관한 모든 일이 내일 우리의 국가운명을 결정한다는 사실을 명심하자.

민심을 얻어야
전승이 보장된다

중국역사에는 현실적으로 도저히 불가능한 상황이었음에도 불구하고 결국 천하대권을 거머쥔 두 명의 인물이 있다. 한 명은 기원전 202년 한나라를 세운 유방이고, 또 한 명은 1949년 중화인민공화국을 건국한 모택동이다. 당시 그들의 군대는 천하를 두고 다투었던 맞수 항우·장개석의 군과 비교하면 객관적으로 상대가 안 되는 열악한 수준이었으나, 결국 승리해 천하의 주인이 될 수 있었다.

그 비결은 무엇일까. 많은 이야기가 나올 수 있겠지만 무엇보다 그것은 바로 '따뜻한 인간애로 병사와 백성들의 마음과 민심을 얻는

데 성공'했기 때문이라고 역사는 말해 주고 있다. 이렇듯 국가존망과 국민의 생사를 좌우하는 전쟁에서 승리하기 위한 강군의 길을 오직 군대의 수(數)나 무기의 규모만으로 채울 수는 없을 것이다. 진정 민심을 얻어야 전승을 보장받을 수 있는 것이다.

필자가 현역시절 경험한 사례를 하나 소개하고자 한다. 2000년 10월, 경기도 파주시 임진강 북쪽에 위치한 스토리사격장 지역에서 미군 측은 사격장 내 안전을 이유로 민간인 출입을 통제하고 차단함으로써, 사유지(공여 당시 사유지가 아니었으나 이후 지적복구로 상당 지역이 사유지로 됨)에서의 영농활동이 보장되지 않게 된 지역 주민들의 감정이 폭발, 외부세력과 연계해 대대적인 반정부 · 반미운동이 전개됐다.

당시 문제의 심각성을 인지한 국방부에서는 대책을 마련했고 필자는 이 문제를 해결하라는 임무를 부여받았다. 이에 문제의 본질은 무엇인지, 어떻게 주민들의 이익을 충족해 줄 것인가에 주안을 두고 해결을 위한 제반 대책을 강구한 바 있었다. 이 문제를 다루면서 경험한 민원해결을 위한 자세 및 민심을 얻는 길에 대해 다음과 같이 정리해 본다.

첫째, 진솔한 대화와 정직한 자세로 문제 본질에 대한 정확한 상황진단과 그에 대한 적절한 처방이다. 이를 위해서는 이해 당사자 간 마음을 터놓고 상호 입장에 대한 진솔한 대화가 가장 중요하다.

둘째, 주민 편에서 문제를 인식하고, 문제를 해결하려는 자세가 긴요하다. 당시 문제해결을 위해 우선 훈련장 주변 측량을 실시해 정확한 훈련장 경계지역을 명시함으로써 주민들로부터 신뢰를 얻기 시작했으며, 사유지에 대한 토지매입, 대토(代土) 제공 등 주민들을 도와주기 위한 모든 가능한 방법을 관계부처와 협의해 시행한 결과 주민들의 인식 및 대응이 점차 바뀌기 시작하였다.

셋째, 협의기간 동안 주민들에 대해 지속적으로 친군화 노력을 한 결과 민원 해결에 그들 스스로 적극 협조했고, 외부세력의 개입 또한 주민 스스로 차단했다.

넷째, 주민 접촉 시 무엇보다 우선적으로 주민 연장자들을 존중하며 깍듯이 예의를 지키고 공손하고 겸손하게 대하는 기본자세를 가져야 한다. 당시 한국군의 요청에 따라 미군들까지도 이러한 예절은 지켜 주었으며, 그에 대한 주민들의 반응은 문제처리에 많은 도움을 줄 정도로 큰 수확이었다.

근래 군부대 관련 민원이 급격히 늘어나고 있는 현실적인 상황 하에서 군의 민원처리 및 국민에 대한 대응 또한 좀 더 체계적이고 효율적으로 바뀌어야 할 것이다. 민심을 얻은 우리 군이 국민의 군대로 거듭 태어날 수 있다면, 세계 어떤 나라보다 잘 훈련된 정예강군을 통해 어떤 유사시에도 전승을 보장받을 수 있을 것이다.

民·軍은 **공동운명체**

우리는 급변하는 세계정세 속에 살고 있다. 1990년대 초 냉전체제 붕괴 이후 현실에 안주하고 있던 미국은 2001년 9월 11일의 충격적인 테러사건 이후 국가전략의 대변화를 모색해 왔으며 세계질서 또한 많은 변화를 겪고 있다. 이제 우리는 또다시 재무장하는 일본, 더욱 강성해 가는 중국, 세계 패권 국가인 미국, 미국과 힘겨루기를 하며 우리를 불안하게 하는 북한, 이렇게 소용돌이치는 정세 변화에 직면해 있다.

오늘날 '힘의 논리'와 '국가이익'이 최우선시 되는 냉엄한 국제 현실 속에서 우리가 평화를 유지하고 생존·번영 할 수 있는 길은 오로지 국민의 전폭적인 지지와 성원을 바탕으로 한 신뢰할 수 있는 군(軍), 강력한 힘의 군대 배양만이 국가 존립의 버팀목이 될 수 있다고 생각한다.

한국군 공병부대인 상록수부대가 소말리아에 평화유지군(PKF)으로 파병되던 당시 필자가 업무차 케냐의 나이로비공항을 경유할 때의 일이다. 그때의 소말리아는 내전에 휘말려 유엔에서 파견된 여러 나라로 구성된 유엔소말리아활동(UNOSOM)사령부가 작전 중이었는데 내란과 혼란으로 각국은 소말리아를 포기하고 자국으로 철수할 조짐을 보이는 때였다.

분쟁 이전의 소말리아 정부각료들이 내전으로 국가기능이 마비된 상태라 여권도 없이 케냐 나이로비공항으로 입국하다가 공항 직원으로부터 멱살을 잡히고 멸시를 당하며 추방당하는 모습을 보고 우리가 항상 공기처럼 잊고 사는 국가의 중요함을 새삼 깨달았다. 이렇게 소중한 국가를 수호하며 평화를 유지하는 힘의 원천은 강한 군을 갖는 데 있다.

그렇다면 강한 군대란 어떤 것인가.

먼저 강력한 무기로 힘의 우위를 확보하고 탁월한 전쟁 수행능력을 보유하며 단단히 정신 무장된, 그래서 국민의 신뢰를 받는 군대여야 한다. 국민으로부터 따뜻한 애정과 신뢰를 받기 위해서는 먼저 승리 가능한 군대임을 믿게 해야 한다. 1999년 6월의 연평해전과 2002년 6월 29일의 제2연평해전에서처럼 국민들은 싸워 이기는 군대를 사랑하고 신뢰한다. 자연재해복구를 위한 대민지원도 중요하지만 그것보다 훨씬 더 중요한 임무가 어떤 적과 싸워도 이길 수 있어야 한다는 것이다. 훈련과 노력으로 국민들에게 '싸우면 반드시 이기는 군대' 라는 확신과 믿음을 줄 때만이 국민의 신뢰를 받는다는 것을 잊지 말아야 한다.

다음은 군대가 국민 교육의 장(場)으로써 국가발전에 생산적으로 기여할 수 있어야 한다. 대한민국의 건강한 청년이라면 군이라는 조직을 거쳐 다시 사회로 복귀한다. 따라서 군에 복무하는 기간을 유용하게 활용할 수 있도록 본연의 업무 외에도 그들에게 발전할 수 있는 기회를 주어야 한다.

필자는 지휘관시절 장병들에게 군에 좀 더 자연스럽게 적응할 수 있는 기회를 주기 위해 먼저 충북 음성에 있는 꽃동네 등 장애인 시설에서 일정기간 봉사를 시켰다. 부모님 품에서 보호받고 자란 그들이 두려워하는 군생활에 자신감을 가질 수 있도록 한 예방주사였다고나 할까. 그런데 생각보다 큰 성과가 있었다. 그동안 부모님께 감사하지 않고 당연하다고 생각했던 것들에 감사하고 지체장애자들이 열심히 사는 모습을 보면서 군생활에 자신감을 갖는 것 같았다.

다양한 사람이 모인 군 조직의 특성상 혈기왕성한 젊은 집단이자, 총기나 위험한 장비들을 가까이하는 조직이니 만큼 예기치 않는 일들이 일어나기도 한다. 그러나 부대 사고는 간부들이 사고근절에 관한 확고한 의지와 관심을 쏟은 만큼 줄어든다. 사고는 노력하면 예방할 수 있다는 확신을 갖고 꾸준히 노력해야 한다.

마지막으로 군의 이미지를 지속적으로 쇄신해야 한다. 우리를 우울하게 하는 각종 비리와 부정은 발본색원해야 하지만 군 일각에서 일어나는 일들이 침소봉대 돼 전체의 일인 것처럼 비춰지고 있음은 심히 유감스러운 일이다. 군 내부의 조그마한 부정이나 비리에 대해서는 제도적으로 과감하고 신속하게 처리해야 한다. 그렇게 함으로써 국민들의 군에 대한 잘못된 시각을 바꿀 수 있고 국민들도 따뜻한 마음으로 군을 격려 성원해 줄 수 있을 것이다.

국민과 군은 결코 분리된 관계가 아니라 국가와 존망을 함께하는 공동운명체라는 인식을 갖게 해야 한다. 국가가 위기에 처했을 때 위험을 무릅쓰고 온몸을 바쳐 국가와 국민을 지킨다는 확신을 심어 줄 때 국민은 군에 무한한 신뢰를 보낼 것이고 그만큼 우리의 안보는 더욱 튼튼해질 것이다.

부대 지휘 관리의 묘약

　필자가 임관해 처음 부임한 곳은 대성산이 있는 지역의 부대였다. 당시 그 대대는 GOP에 투입하기 전 교육을 준비하는 임무를 띠고 있었다. 산허리에 주둔지를 편성하기 위해 그곳에서 숙식하면서 훈련을 받기 위한 막사를 짓고 있을 때 있었던 일이다.

　통나무집 지붕 작업 도중 병사 한 명이 밑으로 떨어졌다. 모두들 놀라 병사를 살펴본 결과 많이 다쳤는지 제대로 걷지도 못하고 고통스러워하므로 의무대로 옮겨 치료를 받게 됐다. 그런데 중대본부로부터 그 병사에게 정기휴가 명령이 통보됐다.

　그때 상황으로는 치료를 받고 상황을 보아 휴가를 보내야 하리라 생각됐는데 예기치 않은 일이 발생했다. 조금 전까지 다리를 제대로 쓰지 못하던 병사가 갑자기 멀쩡해지면서 다친 곳은 아랑곳하지 않고 휴가를 가겠다는 사건 아닌 사건이 발생했다.

필자는 그때 휴가란 병사들에게는 아픈 통증까지도 잊게 하는 '만병통치약'임을 다시 한 번 깨달았다. 이런저런 상황을 접하면서 부대 지휘 관리에도 이런 명약이 있지 않을까 생각해 본 적이 있었는데 본인이 부대를 지휘할 때 여러 가지 정황에 부딪치면서 얻은 것은 '철저한 교육훈련'이 부대원들의 자신감과 사기를 높이며 사고도 예방할 수 있는 가장 좋은 처방이라는 결론에 도달했다.

세계의 전사에서 늘 이야기되고 군인들의 추앙을 한 몸에 받는 독일의 로멜 장군은 철저한 교육훈련을 통해 무패의 신화를 창출한 신화적 존재다.

로멜은 1914년부터 1918년 사이 초급 지휘관으로 많은 전투에 참가하면서 항상 최선두에서 지휘해 솔선수범을 보였다. 그는 지속적인 정찰활동을 통한 적정(敵情) 수집, 작전계획을 수립할 때는 반드시 적을 기만하는 부대와 적에게 기습을 가하는 부대를 정해 임무를 부여한 후 철저한 교육훈련을 통해 전투에 임하도록 함으로써 승리의 기회를 체험케 해 성취감을 맛보고 자신감을 갖도록 했다.

'로멜, 보병전술'이라는 책에서 보면 로멜 부대는 야간에 직선거리로 100km를 비를 맞으며 강행군하고 식사도 제대로 하지 못하면서도 높은 사기를 유지할 수 있었고 또한 수많은 전투를

치렀다. 그중 로멜 부대와 이탈리아군과의 전투에서 1200명의 이탈리아군이 항복하게 됐다. 이에 독일군들이 장교와 병사로 신속히 분리하고 있을 때 포로가 된 이탈리아군 연대장은 로멜 부대가 얼마 안 되는 소수병력이라는 것을 뒤늦게 알고는 울분을 터뜨리고 말았다고 한다.

이 전사기록에서처럼 로멜 부대는 싸우면 이겼고, 로멜 부대라는 명성만으로도 적을 항복하게 만드는 괴력을 발휘했다.

그것은 로멜의 탁월한 전투감각과 지휘통솔력도 있었겠지만 그 밑바탕에는 로멜의 실전적인 교육훈련이 가장 큰 승리 요인이었다고 본다.

'훈련에서의 땀 한 방울이 실전에서의 피 한 방울과 맞바꾼다' 는 평범한 진리를 잊지 않고 수없이 많은 훈련과 교육 위에 지휘관의 비상한 지휘력이 맞물린다면 어떤 싸움이라도 이기지 않겠는가.

로멜의 부하들은 전쟁이 끝난 먼 훗날까지, 아마도 그들의 생명이 다할 때까지 로멜 부대의 일원이었다는 사실을 자랑스럽고 명예롭게 생각하며 여생을 살았을 것이고 자손 대대로 자랑스러운 조상이 될 것이다.

사람의 자신감과 그에서 나오는 용맹성은 불가사의한 것이어서 상식선을 뛰어넘는 힘을 발휘한다는 것을 우리는 알고 있다. 우리는 수많은 명장의 전술에서 교훈을 얻어야 할 것이며, 또한 과학화되는 미래의 전장에 대비, 무엇을 어떻게 철저히 교육 훈련시켜야 할 것인가를 생각하고 대비해야 할 것이다.

학습지도 요령은 교육훈련 내용이 흥미가 있어야 하고 깊은 인상을 주어야 하며 교훈적이어야 한다.

아울러 과목과 요망수준을 제시해 주고 평가해 합격여부를 판정하는 등 철저한 교육훈련을 시켜야 한다. 따라서 각급 부대의 지휘관 및 참모는 지휘노력의 80% 이상은 훈련을 준비하고 실시하는 데 보내야 한다. 평시 훈련은 지상과제이며 강한 훈련이 전쟁에서 승리하는 길이요, 철저한 교육훈련만이 부대의 승패를 좌우하는 키포인트이며 많은 문제를 해결할 수 있는 명약이라고 생각한다.

군사보안의
시작과 **끝**은 정신보안

    필자가 군에 재직 시에 군 관련 학교 국내 시찰단이 부대를 방문한 적이 있었다. 당시 방문단 내 위탁교육을 받고 있던 외국인 학생이 촬영담당이라는 이야기에 당황했었고, 또한 외국 군 관련 학생들이 다른 부대 방문 시 부대현황 브리핑 내용을 VTR 촬영하려 한 적이 있었다. 이러한 사실들이 때로는 사소한 일로 보일지 모르나, 현대 정보전에서 보안은 생명이기에 우리의 군사보안에 대한 정신적 해이를 걱정한 적이 있었다. 일찍이 손자(孫子)가 '전쟁은 국가의 존망과 국민의 생사를 결정짓고, 정보획득과 보안은 전쟁의 승패를 가름하는 중요한 요소'라고 말한 것처럼 보안의 중요성은 아무리 강조해도 지나침이 없다고 생각한다.

알려진 바와 같이 북한은 당중앙위원회에 4개, 인민군 총참모부에 2개로 총 6개의 대남공작부서가 있다. 그들의 해킹 능력은 미국의 중앙정보부(CIA) 수준이며, 북한군은 500~600명 규모의 해킹 전문 인력을 보유하고 있으며 지금도 100명 가량의 사이버 전문 인력을 갖췄다. 또한 지난번 탈북자로 위장한 원정화 간첩사건처럼 여성을 이용한 미인계 등 그 방법도 다양해지고 있다.

최근 우리의 허술한 군사보안실태가 거듭 드러나고 있음에도 불구하고 국민은 안보 불감증에, 군은 보안 불감증에 빠진 것은 아닐까 우려와 걱정이 앞선다. 물론 국방부는 사이버전을 비롯한 적의 각종 위협에 대비 관련법규를 개정하고 정보보호에 안간힘을 경주하고 있으나, 적의 위협은 상대적으로 더 빠른 속도로 발전해 가고 있어 문제가 되고 있다.

그렇다면 보안 사고를 예방하는 데 가장 기본이 되고 반드시 지켜져야 할 것은 무엇일까.

첫째, 완벽한 정신보안 태세의 확립이다. 전설적인 해커로 활동하다 지금은 보안업체 컨설턴트로 변신한 케빈 미트닉이 "보안에서 중요한 것은 첨단기술이 아니라 종사자들의 보안의식"이라고 한 말을 기억하고, 관련규정을 숙지하고 절차대로 실천하는 완벽한 정신보안 자세를 갖는 것이다.

둘째, 지휘관 중심의 보안태세 확립이다. 군사보안은 무엇보다 지휘관의 실천의지가 중요하다. 부대 내의 보안 수준을 정확히 진단하고 적절한 조치로 자발적으로 보안의식을 함양할 수 있는 분위기를 조성해야 한다.

셋째, 개인 보안책임제의 정착과 더불어 부서장, 관리자의 현장 위주의 확인 점검은 물론, 수시 보안교육을 통해 전 장병이 투철한 보안의식을 갖도록 해야 한다.

넷째, 유비쿼터스(Ubiquitous) 시대에 걸맞은 보안대책이 필요하다. 개인차원에서는 인터넷과 인트라넷 사용 시 '허점은 없는지, 보안절차를 준수하고 있는지' 점검해야 하고, 조직 차원에서는 정보보호 인력의 양성과 첨단장비의 발전 속도에 뒤처지지 않는 보안 정책이 개발되고 지속적으로 보완돼야 하며, 필요 시 민간 전문 인력을 활용하는 방안도 강구돼야 할 것이다.

다섯째, 사이버전에 대한 실질적이고 구체적인 대책이 강구돼야 한다. 미국 등 주변국과 북한 등의 사이버전 수행능력은 하루가 다르게 발전하고 있다. 미래전은 사이버전이라고 볼 때, 이에 대한 많은 관심과 조직 확대, 예산투자가 이뤄져야 할 것이다.

최근 군사보안에 대한 시대적 요구는 변화된 보안, 지킬 수 있는 보안, 함께하는 보안, 생활 속의 보안을 필요로 한다. 또 군사보안은 정신보안에서 시작되고 끝이 난다. 근원적으로 정신보안에 보안의 생명이 있음을 알고 실천해 완벽한 보안태세를 갖추기를 기대한다.

조직을 풀가동하자

요즈음 우리나라 대기업에 다니는 회사원들은 아침 일찍 출근해 밤늦게 퇴근한다. 할 일이 많아 바쁘다고 하며, 경쟁에서 살아남기 위해선 불가피하다고 말한다. 보기에 딱하고 불쌍하기까지 하다. 그러나 이러한 회사들도 전문 경영컨설팅회사에 의뢰해 경영 상태를 진단해 보면 조직이 풀가동되지 못하고 손실 부분이 많다고 한다. 그럼 과연 내가 소속돼 있는 조직은 목표 달성을 위해 조직이 풀가동되고 있으며 유휴 요소는 없는 것일까. 한 번쯤 되짚어 봐야 할 대목이다.

필자가 합동참모본부에서 과장으로 근무할 때의 일이다. 과원이

육 · 해 · 공군 · 해병대의 실무 장교로 구성돼 있는 비교적 큰 조직이었다. 사람은 많았으나 과의 업무는 주로 과장과 주무 장교에 의해 꾸려져 가고, 나머지 인원들은 본의 아니게 적지 않은 방관자가 돼 버렸다. 업무 실적은 적으면서 퇴근은 늦었다. 개개인의 임무와 능력을 세심하게 관찰하게 됐고, 문제의 본질이 무엇인지 찾아보게 됐다. 그런 연후에 업무의 분담과 책임 소재를 분명하게 해 주었고, 개인별 능력을 향상시켜 조직을 풀가동하는 데 주력했다. 새로운 틀이 정착되자 업무 생산물은 많아졌고, 퇴근 시간은 빨라지고 차츰 업무효율이 높아져 갔다.

군인은 생명을 담보로 하고 군 형법의 적용을 받는 특수집단에 소속된 사람들이기 때문에 국민과 국가로부터 차별된 대우와 대접, 그리고 존중받는 것이고 받을 자격이 있는 것이다. 그러기 위해서는 국가와 국민을 보호하며 전승을 보장받기 위해 군 조직을 풀가동시키는 데 전력투구해야만 한다.

조직을 풀가동하기 위해서는 과연 무엇이 필요한 것일까.

첫째, 무엇보다 확고한 의지와 크고 넓게, 그리고 세심하게 볼 줄 아는 리더십을 갖춰야 한다. 풀가동된 조직은 전투력 강한 부대를 이끌어 낼 것이다.

둘째, 부분에 집착하지 않고 전체를 보는 '시스템적 사고' (systems thinking)로 시스템 경영(systems management)을 해야 한다. 시스템 운영은 목표중심으로, 시스템 경영은 전체 시스템 중심 · 책임 중심 · 인간 중심이어야 한다.

셋째, 병원조직이 '진단서' 하나로, 오케스트라단이 '악보' 하나로 그 조직을 일사불란하게 운영하고 지휘하듯이, 군 조직 또한 규정과 방침에 의해 조직이 운영돼야 한다. 규정과 방침에 따라 운영되는 조직이 강한 조직이다.

넷째, 효과적인 동기 부여로 구성원의 '열정과 헌신'을 이끌어 내야 한다. 조직의 풀가동은 특히 이 요인이 효과적으로 발휘될 때 극대화될 수 있다.

다섯째, 군대문화의 개선이다. 즉 토론문화 · 회의문화 · 회식문화 등을 생산적이고 실효성 있게 바꿔야 한다. 그렇게 됐을 때 조직을 풀가동할 수 있는 기반이 조성되는 것이다.

소속 조직원의 개인 역량을 결집하고 팀워크를 이뤄 신바람 나는 부대를 만들며, 동시에 창의적으로 근무한다면 전투력 향상은 물론 전승을 보장받을 수 있을 것이다. 내 조직에 유휴 인력은 없는지, 불필요한 조직은 없는지 다시 한 번 짚어 보고 장해요인을 찾아 제거해 조직을 풀가동하는 데 모든 역량을 집중해 보자. '부대의 발전은 무한하다' 라고 가슴에 새기면서 말이다.

병영 내 **사고**는
줄일 수 있다

　필자가 군에 몸담고 있을 때 가장 힘들었던 시간들 중 하나는 군 내 사고로 사랑하는 가족을 잃은 유가족들을 접할 때였다. 유가족들의 울부짖는 절규와 이후 그 충격으로 인해 가정이 붕괴되었다는 소식 등을 대할 때면 다시는 이러한 사고가 일어나지 않아야겠다고 지휘관의 한 사람으로서 책임을 절감하면서 마음 아파했던 기억이 난다.

　군 내 사고 발생의 원인은 누구나 어렵지 않게 예상할 수 있으나 왜 사고는 계속되는 것일까. 그것은 아마도 철저한 분석과 대응이 아직까지 미흡하기 때문이 아닐까 싶다. 근래의 군 내 사고 중

상당부분은 사회적 변화와 맞물려 있다. 특히 최근에 입영하는 장병들은 성장환경과 교육적 배경의 차이로 인해 사고방식과 행동양상 그리고 가치관 등이 기성세대와 현저하게 다르므로 사고를 예방하려면 이에 대한 관심과 대책이 긴요하다.

혈기왕성한 군 내 장병들은 정도의 차이가 있을 뿐 언제 터질지 모르는 폭탄의 뇌관과 같이 누구나 사고유발 요인을 갖고 있으며, 여기에 어떤 자극을 가하면 사고는 일어날 수밖에 없다. 그렇다면 어떻게 해야 사고를 예방하고 줄일 수 있을까. 그 방법과 수단을 다음과 같이 정리해 본다.

첫째, 철저한 교육훈련이 가장 중요하다. 실천 가능한 관련 교육훈련 계획을 세우고 반드시 실천하는 것이다. 이는 상하 간에 신뢰를 쌓는 지름길이기도 하며, 철저한 교육훈련만이 부대 사기와 전투력을 높이고 사고를 줄이는 길이다.

둘째, 부대를 신바람 나게 만드는 일, 즉 병영 내 스트레스 해소 방안을 마련하는 것이다. 필자의 경우 그 방법 중 하나로 월별 장병들이 좋아하는 곡을 선정, 자주 접하게 하고 경연대회를 열어 포상함으로써 불필요한 잡념을 제거하고 흥이 나고 재미있는 부대로 만들려 노력했었다.

셋째, 분기 단위로 부대원들에게 적당한 긴장감을 주는 것이다. 3개월 단위로 교육 보조 자료를 발굴, 활용한다면 긴장은 가능하고 사고는 줄어들 것이다.

넷째, 적절한 예방프로그램의 발굴과 적용이 필요하다. 부대관리 관련 적절한 프로그램을 적용해 규정을 지키도록 하고, 점검표에 의해 실천을 강화하는 것이다. 그러기 위해서는 사고예방 관련 체크리스트를 상황별·계절별·취약 요소별로 부대 실정에 맞게 작성해 관리해야 한다. 예를 들면, 시누크(CH-47) 헬리콥터가 착륙 후 다시 이륙할 때, 예외 없이 조종사와 보조원 간에 체크 북을 보면서 장비 이상 유무를 점검 확인한 후 이륙하는 것처럼 세심하게 점검돼야 한다.

다섯째, 항시 사고에 대비 사고 우려자에 대한 정확한 식별과 관리다. 즉, 현재 또는 미래에 사고를 일으킬 수 있는 병사들을 찾아내어 체계적으로 관리해야 하며 필요할 경우 관련 부서의 종합대책단을 편성, 정기적으로 가동시켜야 한다. 장병 가정에 고민거리는 없는지, 특이 성격 소유자나 인격 장애가 의심되는 사람은 없는지, 왕따와 같은 관계 장애인은 없는지 찾아내어 보호해 주고 관리해 주는 것이다.

지금까지 몇 가지 방법을 제시했지만, 그것이 사고예방의 전부는 아닐 것이다. 그러나 싸워 이길 수 있는 부대를 만들기 위해서는 무엇보다 안으로부터의 사고를 줄여야 하고, 국민의 자제인 장병들의 심신을 건강하게 만들어 무사히 가정에 복귀시키는 것이 군의 임무이자 사명이라 생각한다. 사고 없는 부대를 만들기 위해 최선의 노력을 기울이는 데 작게나마 참고가 되기를 기대한다.

부대관리 **중심에**
부사관이 있다

얼마 전 국방일보에 합동참모 본부에서 실시한 '합동부대 모범
부사관상' 시상 내용 기사가 실린 것을 본 적이 있다. 포상 취지로
어려운 여건에서도 묵묵히 부대 발전을 위해 헌신 노력해 온
부사관들을 선발해 포상, 격려함 으로써 사기 증진과 자긍심을
고취시킨다고 했다. 정말로 잘하는 일이라는 생각이 들었다.
그들을 격려하고 위로하고 칭찬하는 일은 전투력 향상과 성공적인
부대관리를 위해 대단히 중요한 일이기 때문이다.

군 복무 시절에 업무 차 부대를 방문할 때 위병소를 지나면서
장병들의 행동과 부대의 분위기를 보면 그 부대의 군기와 사기, 훈련

정도 그리고 부대관리 상태를 한눈에 알 수 있다고 통상 말하곤 했었다.

긍정적으로 보이는 부대는 반드시 부사관들의 활동이 활성화돼 있고 부정적으로 평가되는 부대는 그렇지 못하다고 생각했다. 즉 부사관 활동이 활발한 부대는 사고가 줄고 사기가 오르며 전투력이 높아지나 부사관들이 움직이지 않는 부대는 침체되기 마련이다.

이토록 중요한 부사관 활동이 부대관리의 성패와 밀접한 관련이 있음을 알면서도 '왜' 부사관들의 마음을 움직이지 못하는 것일까. 그 원인은 어디에 있으며, 해결책은 무엇일까 하고 고민한 적이 있었다.

그러던 중 대대장 직책을 수행하고 있을 때에 중대 선임 부사관들을 부부동반으로 대대장 관사로 초청해 정성을 다해 음식을 준비하고, 따뜻한 배려와 대접으로 그들의 노고에 대해 감사할 수 있는 기회를 갖게 된 적이 있었다.

그 후 부사관들의 태도가 놀라울 정도로 달라졌고, 대대장 실의 문턱이 낮아져 아무 때나 부대 현안에 대해 속내를 털어놓고 상호 의견을 나누는 등 부대 관리와 운영에 적극적인 태도와 진실된 주인의 모습으로 최선을 다하는 것을 보았다. 그 결과 부대 전투력과 부대 관리의 질적 향상에 크게 기여했었다.

이처럼 부사관들은 자기 자신들의 존재와 능력을 인정해 주고 인간적이고 인격적인 대우로 존중해 줄 때, 자발적이고 창의적으로 근무해야겠다고 동기부여가 되는 것 아닐까.

부대관리의 성패는 부사관들이 신바람 나서 근무할 수 있도록 여건과 환경을 만들어 주는 데 있다고 본다. 그러기 위해서는 부사관들의 위상을 세워 주고 능력을 인정하고 존중하며 인간적이고 인격적인 대접으로 자발성을 창출하고 삶의 질을 개선해 줘야 한다.

또 지휘관과 부사관 간 의사소통의 활성화를 기하고 부대 관리의 주인이라는 인식을 갖게 해 준다면 부사관들은 그 누구보다 앞장서서 전투력을 높이고 성공적인 부대관리에 최선의 노력을 다할 것이라고 믿어 의심치 않는다.

그 무엇보다 중요한 것은 부대관리의 중심에 부사관들이 있고, 부대관리의 성패는 부사관들의 활동 여하에 달렸음을 그들 스스로가 가슴으로 느낄 수 있도록 만들어 주는 것이다. 그러기 위해서는 지휘관을 포함한 부대 구성원 모두가 부사관들의 노고에 진심 어린 관심과 따뜻한 위로와 격려를 보낼 때 부사관 그들 스스로 자신의 능력을 기꺼이 100% 이상 발휘하게 될 것이다. 이렇게만 된다면 싸우면 반드시 이기는 부대를 만들 수 있고 국민으로부터 사랑받고 신뢰받는 군이 되지 않을까 생각해 본다.

'할 수 있다'에서
'해냈다'라고 말하자

경인년(2010년) 희망찬 새해가 밝았다. 혹한의 추위에도 하늘과 땅과 바다에서 국토방위에 여념이 없는 국군 장병들에게 따뜻한 위로와 감사한 마음을 전한다. 지난 한 해 또한 여러분들의 희생과 헌신 덕분에 후방의 국민들은 마음 놓고 생업에 종사할 수 있었고 편안하고 따뜻하게 새해를 맞을 수 있었음이다. 지난해에는 경제적으로 어려움도 많았지만, G20 의장국과 개최국 선정, 김연아 선수의 피겨 승전보, 그리고 연말에 400억 달러 원전수출 소식 등 국민 모두가 자긍심과 자신감을 갖기에 충분한 흐뭇한 소식들이 줄을 이었다.

반면 올 한해 우리가 극복해야 할 과제들도 많다. 북한 핵문제가 그렇고 한반도 주변국들의 움직임, 국민들의 내부 분열 등은 여전히 우리를 불편하고 긴장하게 만들고 있다.

이제껏 우리는 위기 때마다 새롭게 성장하는 저력을 보여 왔으며, 항상 절망의 환경에서 악착같이 희망을 일궈낸 '희망의 유전자'를 지녀왔다. 이렇듯 우리 속에 잠재된 희망의 불씨를 지피고 세계 속에 더 큰 대한민국을 만들기 위해 모든 군 장병들은 우리 군을 선진강군으로 만드는 데 자기 한몫을 다하는 것이 그 기본 책무가 아닐까 싶다.

그래서 새해에는 우리 국군장병들이 무형전투력의 핵심이면서 활기찬 병영, 그리고 결속력이 강한 군대를 만들기 위한 기초적이고 본질적인 요소들 중 이것만은 꼭 실천해 보면 어떨까 하는 다음과 같은 사항들을 제시해 본다.

첫째, 서로 신뢰하는 병영을 만들자. 지킬 수 없는 약속은 하지 말고 일단 한 약속은 반드시 지켜야 한다. 신용과 신뢰는 약속을 지키는 데서 출발하며, 신뢰받는 상관·동료·부하가 서로 믿을 수 있는 강한 군대를 만든다.

둘째, '따뜻한 말'을 주고받는 병영을 만들자. 따뜻한 말과 위로와 칭찬의 말, 그리고 용기와 희망을 주는 말을 하자. 한 마디 말이 적이나 우군을 만들기도 하고, 감동을 주거나 마음속 깊이 상처를 만들기도 한다. 진정한 소통은 상대방의 이야기를 듣는 데서 출발한다. 말은 신중하게 상대방을 이해하고 존중하도록 해야 한다.

셋째, 배려할 수 있는 병영을 만들어 보자. 원만한 관계를 위해 듬뿍(70%)주고, 조금(30%)만 받는다는 마음을 갖자. 30%만 주고 70%를 바라는 사람은 항상 부족해 불만과 불평이 함께한다. 그러나 70%를 주고 30%를 받는 사람은 +40%가 돼 마음에 여유를 갖게 되고 너그러워 진다. 상대방이 원하는 것을 찾아 해결해 주고, '대접받고자 하는 대로 먼저 남을 대접하라' 는 황금률을 실천해 보자.

넷째, 리더다운 리더들로 가득 찬 군대를 만들어 보자. 진정한 리더란 사람의 마음을 움직일 수 있어야 한다. 그렇게 하기 위해 사람의 본성과 인간의 기본 심리를 이해하는 리더가 돼야 하며, 그렇지 못하면 무늬만 리더일 뿐 진정한 리더라 할 수 없다.

사람들은 해가 바뀌면 새로 무엇인가 하겠다며 계획을 세운다. 그러나 대부분의 계획들은 끝까지 실천하지 못하며, 새해가 되면 우리는 대수롭지 않게 또다시 계획을 세우곤 한다. 하지만 올 한 해는 이제껏 '할 수 있다' 의 변명 섞인 주문 대신 '해냈다' 라는 보람찬 구호를 외칠 수 있도록 최선을 다해 보면 어떨까. 새해를 시작하면서 생각해 본다.

소말리아 상록수 부대

PKO (평화유지활동) 회고

1992년 동아프리카 소말리아. 몇 년 동안의 부족 간 전쟁은 대기근을 가져 왔고, 그로 인해 30만여 명이 굶어 죽었다. 수도 모가디슈(Mogadishu)의 군벌들은 그들의 민병대를 통해 각국에서 보내온 구호물자들을 빼앗았고, 이에 대응해 유엔 평화유지작전의 일환으로 세계 각국의 군대가 소말리아로 파견됐다.

1993년 10월 소말리아 민병대와 미군 특수부대의 모가디슈 시가전에서 대규모 충돌로 미군이 1개 중대 규모(사망 18명, 부상 77명)의 피해를 입게 됐으며, 특히 작전 중이던 미군의 전투 헬리콥터 '블랙호크'가 추락해 사망한 시체들과 생포된 조종사가 소말리아인들의 분풀이 대상이 되는 사건이 발생했다.

당시 시체들은 옷이 벗겨진 채로 줄에 묶여 길거리를 끌려 다니는 수모를 당했으며, 이는 CNN 방송과 AP통신 등의 외신을 통해 여과 없이 전 세계로 전해졌다. 이에 미국은 언론·국민·의회로부터 강한 철수 압박을 받게 돼 당시 대통령이었던 클린턴은 완전 철수를 발표하기에 이르렀다. 이에 따라 평화유지군으로 파견돼 있던 한국군 상록수부대(공병 1개 대대, 1993. 6~1994. 3)도 안전 문제와 보급지원 문제로 철수하게 됐다. 당시 한국군 상록수부대 철수 책임자로 현지에 있었던 필자가 보고 느낀 사항들을 회고해 보고자 한다.

먼저 세계 평화와 인권보장의 기치 아래 유엔 안전보장이사회의 결의에 따라 투입된 미군의 경우, 많은 피해와 비인도적인 사태로 인한 여론의 압박으로 작전 중 즉각 철수하게 됐다. 이는 과거 전략적 동맹이나 이해관계 혹은 사회윤리에 따른 전 세계적 또는 국가 간 무조건적인 지원이 더 이상은 존재하지 않으며, 국가의 이익과 자존심 손상 시엔 언제든 중단될 수 있다는 교훈을 주고 있다.

21세기는 강한 군대로 맞서 싸워 이길 수 있는 능력만큼이나 국제정서와 흐름을 활용해 최소의 피해로 극대의 전략적 승리를 얻어 낼 수 있는 것이 무엇보다 중요한 시기다. 항상 분쟁 및 전쟁을 염두에 둬야 하는 우리 군으로서는 이러한 새로운 트렌드에 대해 잘 이해하고 상시 대비, 대응해야 할 것이다.

다음은 파견 당시 PKO에 참여한 경험이 있는 각국의 상당수 인원이 다시 민간인 신분으로 유엔 부서에 근무하고 있었고, 또한 NGO(비정부기구) 활동이 활발하였는데 당시 소말리아 지역에 활동하는 NGO는 53개였으나 한국은 종교단체의 지원을 받는 2개가 전부였다. 철수 당시와 비교하면 현재 우리의 PKO도 장족의 발전을 해왔음이 분명하다. 그러나 이제는 상징적 차원을 넘어서 국방·외교·경제 관련부서가 패키지 개념으로의 새로운 접근이 필요하며, 경제적 효과나 국익 창출에 도움이 돼야 한다.

마지막으로 PKO 병력을 전문 인력과 일반 장병으로 구분하고 전문 인력은 정통 어학자원과 업무 정통성을 함양해 국제무대에 한국군 또는 유경험자가 많이 진출해 정보를 수집하고 중요한 의사결정에 참여해 국제무대에서의 일자리 창출을 위한 노력도 요망된다. PKO는 세계 평화유지와 국가위상 제고에도 크게 기여하지만, 한반도 유사시에 우리가 지원을 보장받을 수 있는 방법이기도 하다.

이러한 활동에 우리 군의 참여는 더욱 활성화돼야 한다. 민간작전 등에서 한국군의 우수성을 널리 알리고 있지만, 이에 만족하지 말고 국가이익 창출에 최대한의 관심과 노력이 뒤따라야 할 것이다.

Interview

In Ter View 1

"안보 소홀히 한
경제성장은 사상누각"

(국방일보 : 2012. 01. 31)

'간접 경험 통해 전쟁을 가슴으로 느끼게 하는 안보교육의 도장 역할'

선영제 전쟁기념사업회장이 전쟁기념관의 비전을 구현하기 위한 5가지 실천계획에 대해 손가락을 꼽아가며 강조하고 있다.

– 정의훈 기자

"경제는 잘사느냐 못사느냐의 문제이지만 안보는 죽느냐 사느냐의 문제입니다. 안보를 소홀히 한 경제성장은 사상누각에 불과합니다."

전쟁기념사업회 창립 23주년(31일)을 앞두고 만난 선영제(67) 전쟁기념사업회장은 안보의 중요성을 거듭 강조했다.

베트남전 참전을 통해 전쟁의 참상을 직접 체험했고, 김정일 사망 후 북한의 불안정한 상황 등 한반도 안보에 경고등이 켜진 현실 때문인지 선 회장의 안보론은 무게감을 더했다.

"전쟁은 승리한 것이나 패한 것이나 모두 기념할 필요가 있어요. 전쟁의 실체를 국민에게 정확히 보여주고 거기서 교훈을 찾아내 이 땅에 또 다른 전쟁이 없도록 해야 돼요. 그런 의미에서 전쟁기념관은 간접 경험을 통해 전쟁을 가슴으로 느끼게 하고 선열들의 희생을 알려 주는 안보교육의 도장이라 할 수 있죠."

전쟁기념관은 1994년 6월 10일 개관한 이후 해마다 찾는 이가 늘어 지난해에는 처음으로 150만 명을 넘어섰고, 한국갤럽연구소가 조사한 현충시설 고객만족도에서

3년 연속 부동의 1위를 지키고 있다. 개관 초에는 기념관이냐 박물관이냐 하는 명칭에서부터 논란이 많았지만, 추모 기능을 강조하고 교육 기능도 함께 갖춘 기념관이 맞는다는 쪽으로 결론이 난 바 있다. 다양한 교육프로그램을 통해 전후세대에게 나라의 소중함을 가르치는 역할을 하는 것이다.

"내 나라의 중요함은 백번 강조해도 과함이 없지요. 문득 작고하신 위안부 할머니의 말이 생각나네요. 그 할머니는 다시 태어난다면 남자로 태어나고 싶다고 했어요. 그래서 군대에 가서 나라를 지켜 이 땅에 다시는 당신 같은 사람이 없도록 하고 싶다고 한 맺힌 절규를 했어요."

지난해 7월 부임한 선 회장은 임기 내에 기념관을 통해 나라와 안보에 대한 중요성을 국민 모두에게 각인시키고 싶다고 밝혔다.

창립 23주년입니다. 전쟁기념사업회장으로서 소회가 남다를 것 같습니다.

"올해는 60년 만에 찾아오는 흑룡의 해라고 합니다. 그런 의미에서 흑룡(黑龍)의 해, 용산(龍山)에 있는 전쟁기념관은 두 마리 용이 모여 있는 행운의 해라고 생각됩니다. 창립 23주년이자 기념관 개관 18주년인 올해 용의 기상으로 제2의 도약을 꿈꾸고 있습니다. 특히 2010년부터 시작된 무료 관람 정책이 호평을 받고 있으며 지난해에는 개관 이래 처음으로 연간 관람객 150만 명 돌파라는 신기록을 세우기도 했습니다. 일반인 대상의 교육프로그램도 7개에서 14개로 확대했고 전시실 개선에도 노력해 6·25전쟁실이 대대적인 리모델링 작업 중이며 2월 중 재개관할 예정입니다.

전쟁기념사업회의 주요 임무는 무엇인가요?

"한마디로 요약하자면 전쟁의 교훈을 통해 국민 안보
의식을 고취하고 올바른 국가관을 정립하는 데 기여하는
것입니다. 전쟁의 교훈을 통해 안보의식을 고취한다는
말은 전쟁에 관한 자료를 수집하고 보존, 전시, 교육해
그 교훈을 되새기게 하고 평화의 소중함을 일깨워 두 번
다시 이 땅에 비극이 일어나지 않도록 하는 것입니다. 이
를 위해 사업회에서는 전쟁기념관 운영을 통해 다양한
사업을 해나가고 있습니다. 올바른 국가관 역시 선열들
의 호국 의지와 6 · 25전쟁의 민족사적 의미를 올바로 이
해해 국민들의 국가관 정립에 기여한다는 뜻이죠.

부임하신 지 6개월이 지났습니다. 복무하며 느끼신
기념관의 문제점과 앞으로의 비전은 무엇입니까?

"밖에서는 막연히 큰 문제없이 잘 굴러가는 곳이라
생각했는데 와서 보니 정말 할 일이 산더미 같더군요. 일
단 가장 큰 문제는 인력문제입니다. 개관 초 127명으로
출발해 정권이 바뀔 때마다 줄어 지금은 68명입니다. 이
렇다 보니 직원 모두 1인 2역, 3역을 해야 할 때가 잦아
요. 욕심껏 사업을 벌이려다가도 인력 부족으로 어려움
에 부닥칩니다. 또 예산확보의 어려움으로 전시시설물
개선사업이 지연되는 문제도 있고요. 이런 현실적인 어
려움이 있음에도 저와 우리 직원들은 제2의 도약을 위해
3가지 비전을 갖고 열심히 뛰고 있습니다. 첫째, '국민과
함께하는 기념관'(With People)을 만드는 것입니다. 누
구나 쉽게 찾을 수 있고 친숙하게 소통할 수 있는 복합문
화공간을 만들어 국민의 삶의 질 향상에 기여하겠습니
다. 둘째, '이야기가 있는 기념관'(With Story)입니다.

기념관이 소장한 유물이 3만 점이 넘습니다. 이들 하나 하나의 역사적 가치를 발굴하고 흥미를 높일 수 있는 콘텐츠와 이야기를 개발해 관객 만족도를 높이는 것입니다. 셋째, '가슴으로 느끼는 기념관'(With Heart)입니다. 관람객의 요구(Needs)를 적극적으로 반영하고 새로운 볼거리를 선보여 이곳을 왔다 나갈 때는 누구나 나라를 지켜야 한다는 각오를 다지게 되는 감동을 주고 사랑받는 기념관이 되겠다는 것입니다."

이런 비전을 구현하기 위한 구체적 계획은 무엇입니까?

"다섯 가지 청사진을 갖고 있습니다. 먼저 기념관의 정체성을 살리는 교육프로그램을 개발하고 확대 운영하는 것입니다. 특히 올해는 '대한민국 국민이라 행복합니다.' 라는 주제로 교육프로그램을 2배 이상 늘려 선열들의 호국 정신과 오늘의 안보현실을 올바르게 전파할 계획입니다. 예를 들어 전쟁 영화를 만든 감독을 초청해 에피소드를 듣는다든지, 영상물을 보여주고 강의하는 프로그램도 할 계획입니다. 둘째는 박물관의 핵심인 학예역량 강화입니다. 전쟁과 군사사 연구를 활성화하고 특별기획전을 수시로 개최해 군사전문 박물관으로서 위상을 높일 것입니다. 셋째, 고객감동입니다. 전문 안보해설사, 자원봉사자, 문화관광해설사 등을 모셔 안내와 해설 서비스의 질을 높이고, 체험공간을 확대해 눈으로만 보는 관람에서 관객이 직접 체험할 수 있는 전시실을 확보할 것입니다. 넷째, 홍보활동을 강화해 국민과 소통하는 기념관을 만들 것입니다. 홈페이지를 사용자 중심으로 대폭 개편하고 SNS 등 다양한 채널을 통해 국민의 소중한 의견을 들을 것입니다. 마지막으로 이 모든 사업을 효율적으로 추진하기 위해 조직운영과 기관 내부역량을 강화하겠습니다."

마지막으로 국방일보 독자들께 한 말씀 하신다면?

"전쟁기념관은 그동안 국민의 사랑과 성원 속에 많은 발전을 이뤘습니다. 여기에 특히 국가수호의 최전선을 책임지는 우리 장병들을 비롯해 국방일보 독자 여러분의 관심과 응원이 큰 자양분이 됐다고 생각합니다. 앞으로도 우리 기념관이 더욱 큰 역할을 할 수 있게 격려해 주시고 잘못에 대해서는 따끔하게 질책해 주십시오. 흑룡의 해, 장병과 독자 여러분 모두 멋진 한 해가 되기를 기원합니다."

– 이승복 기자 yhs920@dema.mil.kr

InTerView 2
Remembering the 'Forgotten War

(The Korea Times : 2012. 06. 08)

Sun Young-jae, president of the War Memorial of Korea, explains the lessons of the Korean War (1950-1953) for future generations in a recent interview with the Korea Timesat his office.

Korea Times photo by Shim Hyun-chul

By Do Je-hae

Seoul has around 100 museums, and the War Memorial of Korea is the most relevant for museum-goers and foreign visitors in June.

South Korea marks Memorial Day on June 6 every year to honor the services of soldiers who died while in military service, during the Korean War (1950-1953) and other significant wars or battles. But more importantly, this month is permanently associated with the Korean War as North Korea invaded on June 25, 1950.

The War Memorial of Korea, which will mark the 18th anniversary of its founding on June 10, has been keeping the memory of the war alive for visitors from within and outside the country.

Around Memorial Day, the visitor count tends to soar. On a busy day, around 10,000 flock to one of Seoul's largest museums, situated in Yongsan. In October 2011, CNN Go selected it among Seoul's six best museums.

"What sets our museum apart from others is that we provide an educational platform for national security," said Sun Young-jae, president of the War Memorial of Korea in an interview with the Korea Times.

"We are devoted to imparting to future generations about the sacrifices of those who lost their lives in serving the country," said the former vice chief of staff and Army lieutenant general.

Since the Lee Myung-bak administra-tion adopted a free admission policy for all national museums in 2010, visitors have steadily increased. Last year, around 1.53 million people visited the War Memorial. Around 10 percent were non-Koreans.

"I think the consistent rise in the number of visitors reflects the public's positive reaction to the improvements we have made in our facilities, including updates to our exhibition halls, educational programs and the new citizens' park within the War Memorial grounds," Sun said.

The War Memorial opened in 1994 on the former site of the Army headquarters to exhibit and memorialize the military history of Korea.

The Memorial complex has six indoor exhibition halls and an outdoor exhibition center displaying over 13,000 items of war memorabilia and military equipment through the ages. In the center of the plaza in front of the museum stands the "Statue of Brothers," the elder a South Korean soldier and the younger a North Korean soldier, symbolizing the division of the Korean Peninsula.

One of the most impactful experiences is visiting the Memorial Hall, which consists of rows of black marble monuments inscribed with the names of the U.N. troops who died during the Korean War. Because Americans were a major player in the three-year war that technically continues today, most of the monuments are covered with names of Americans. Around 38,000 U.N. troops lost their lives during the war, with 34,000 of them from the United States.

Seoul confirmed on May 7 that about 60 countries fought for or provided aid to South Korea during the war, a significant adjustment from the previous count of 41.

"We are planning to remodel the U.N. troops' exhibition hall next year. We will try to reflect the involvement of the additional allies in the remodeled space," Sun said.

Since taking office in 2011, Sun says he has tried to adhere to the principle of brining the War Memorial closer to people.

"Today, Koreans tend to think that war doesn't have anything to do with them. But when you think about it, war involves not just those in uniform but also civilians. Those who are most vulnerable to the tragedy of war are women, children and the elderly," he said. "If you trace our history since ancient times, we have had a war about every 60 years." South Korea marked the 60th anniversary of the Korean War in 2010, with a variety of activities here and abroad. The 60th anniversary activities will continue until next year.

But there is still debate on the war, including its origins.

North Korea has its own version of a war memorial called the Victorious Fatherland Liberation War Museum in Pyongyang, illustrating what they call "struggles against the Japanese and, later on, the Americans" in over 80 exhibition halls. They continue to claim that it was South Korea that invaded first.

"If you come and have a look around our memorial, you will learn about the war as it actually happened. People can see historic documents and evidence that fully support that the North Korean aggressors started the Korean War, such as letter exchanges between Kim Il-sung and Joseph Stalin," Sun added.

The 67-year-old joined the War Memorial in July 2011. Right after he took office, he chaired a meeting of the five major museums of Korea to exchange ideas on advancing the nation's museums. He is a graduate of the Korea Military Academy and has earned a Ph.D. in business administration from Jeonju University.

"I get the impression that those who fought with us never forgot their experience here," Sun said. "They have expressed such pride in seeing Korea's speedy re-building and economic development since the war.

"One can say that the Memorial Hall is also a diplomatic facility. Foreign heads of state and dignitaries often start their Korean trips here,"

Sun said. "Korea is now recognized as a role model for underdeveloped countries, like Ethiopia, that fought with us. We can give them hope that it is possible to rise from such an agonizing experience to build an economic powerhouse."

jhdo@koreatimes.co.kr

'잊혀진 전쟁(6 · 25전쟁)'을 기억하자

서울에는 약 100여 개의 박물관이 있는데 6월에 박물관 애호가들과 외국인 방문객들이 가 볼 만한 곳은 당연 전쟁기념관이다. 대한민국은 6월 6일을 현충일로 지정하여 6 · 25전쟁(1950-1953)을 비롯한 주요 전쟁 또는 전투에서 전사한 군인들을 해마다 추모하고 있다. 6월이 특히 중요한 것은 북한이 남침한 6 · 25전쟁(1950년 6월 25일)이 발발한 달이란 것이다.

오는 6월 10일에 개관 18주년을 맞이하는 전쟁기념관은 국내외 방문객들에게 전쟁에 대한 기억을 상기시키는 역할을 수행해 왔다. 현충일 즈음에는 방문객이 증가하는데, 분비는 날에는 1만 명에 가까운 사람들이 몰리기도 한다. 전쟁기념관은 용산에 자리 잡고 있으며 서울 최대 규모의 박물관에 속한다. 2011년 10월, CNN은 전쟁기념관을 서울의 6대 박물관의 하나로 소개한 바 있다.

육군참모차장을 역임했던 예비역 육군중장 선영제 관

장은 코리아타임즈와의 인터뷰에서 다음과 같이 밝혔다. "전쟁기념관이 다른 박물관과 다른 점은 국가안보를 교육하는 '호국안보의 장'이라는 것입니다. 우리는 후손들에게 국가를 위해 목숨을 바친 사람들의 희생정신을 깨우쳐 주기 위해 노력하고 있습니다."

이명박 정부가 2010년부터 모든 국립박물관을 무료로 개방한 이후, 방문객이 꾸준히 늘어났고, 지난해에는 약 153만 명이 전쟁기념관을 다녀갔는데, 그중에 외국인이 약 10%를 차지했다. 이에 대해 선영제 관장은 다음과 같이 말했다. "방문객이 꾸준히 늘어난 것은 전시실을 비롯한 시설을 개선하고 교육프로그램을 강화했을 뿐만 아니라, 기념관 부지에 시민공원(호국공원)을 개장한 덕분이라고 생각합니다."

전쟁기념관은 국군의 역사를 전파, 추모하기 위한 목적으로 육군본부가 있던 곳에 1994년 개관했다. 기념관 단지는 6개의 실내전시실과 1개의 야외전시장을 갖추고 있으며, 13,000여 점이 넘는 전쟁유물과 무기를 시대별로 전시하고 있다. 기념관 광장에는 '형제의 상'이 서 있는데, 국군 장교인 형과 북한군 병사인 동생의 모습이 한반도의 현실을 상징하고 있다.

여러 전시실 중에서도 전사자명비는 가장 인상적인 곳 중 하나이다. 이곳에는 검은 대리석 기념비들이 늘어서 있는데, 기념비에는 6·25전쟁에서 전사했던 유엔군의 이름도 새겨져 있다. 유엔군 명비에 새겨진 전사자의 대부분은 미국군 전사자들로 유엔군 전사자 3만 8천명 가운데 미국인이 3만 4천명이었다.

5월 7일, 한국 정부는 약 60개 국이 6·25전쟁에 직접 참여하거나 한국을 지원했다고 밝혔다. 이는 종전의 41개 국에서 대폭 늘어난 것이다. 이에 선영제 관장은 다음과 같이 말했다. "내년에는 유엔실을 리모델링할 계획이고, 6·25참전국과 추가된 지원 국에 관한 부분이 리모델링한 공간에 전시될 수 있도록 노력할 것입니다." 선영제 관장은 2011년 관장에 취임한 이래로, 전쟁기념관이 국민들에게 더욱 다가가야 한다는 원칙을 줄곧 고수해 왔다고 말한다. "요즘 한국인들은 전쟁이 자신과 아무런 관련이 없다고 생각하는 경향이 있습니다. 하지만 생각을 해보면, 전쟁은 군인들 뿐만 아니라 시민들도 휘말리는 상황이라는 사실을 알 수 있습니다. 전쟁이 발생하면 가장 위험해지는 사람들은 여자들과 아이들 그리고 노인들입니다. 고대부터 한반도에서는 약 60년에 한 번 꼴로 전쟁이 발발했습니다."

2010년, 한국은 6·25전쟁 60주년을 맞아 국내외에서 다양한 행사를 개최했다. 이러한 60주년 행사는 내년까지 계속될 것이다. 그러나 전쟁에 관한 논란은 여전히 계속되고 있고, 전쟁의 기원에 대해서도 의견이 분분하다.

북한도 조국 해방 전쟁기념관을 평양에 두고 있는데, 80개가 넘는 전시관에서 소위 '일본, 미국과의 투쟁'을 묘사하고 있다. 북한은 줄곧 남한이 북침했다고 주장해왔다. 선영제 관장은 이렇게 덧붙였다. "기념관에 직접 오시면, 전쟁의 실상을 알 수 있습니다. 김일성과 스탈린이 주고받은 편지를 비롯해 여러 사료와 증거들이 북한이 전쟁을 일으켰다는 사실을 입증하고 있습니다."

2011년 7월, 67세의 나이로 전쟁기념관을 맡은 선영제 관장은 취임한 직후, 5개 주요 박물관 회의를 주최해 박물관의 발전 방안에 대해 논의하기도 했다. 그는 육군 사관학교를 졸업한 후 전주대학교에서 경영학박사 학위를 받았다.

"우리와 함께 싸웠던 분들이 이곳에서 겪은 일을 결코 잊지 못한다는 사실이 인상적"이라고 선영제 관장은 털어놓았다. "이들은 전쟁 후, 한국의 급속한 재건과 경제 발전을 지켜보면서 자부심을 느꼈다고 말합니다. 전쟁기념관은 외교의 장이기도 합니다. 외국의 정상들과 귀빈들이 이곳에서부터 한국 방문의 일정을 시작하는 경우가 많습니다. 이제 한국은 에티오피아와 같은 저개발 국가들의 롤 모델이 되었습니다. 에티오피아도 6·25전쟁 당시 우리를 도왔던 나라입니다. 우리가 이들 국가에게 힘겨운 상황에서도 경제 강국으로 거듭날 수 있다는 희망을 심어 줄 수 있게 되었기 때문입니다."

InTerView 3

진정한 리더는 복종자가 아닌 추종자를 만든다

(국방리더십 대담 : 2012. 07. 54호)

    지난 6월, 호국보훈의 달을 맞아 선영제 전쟁기념사업회 회장을 만났다. 전쟁기념사업회는 6 · 25 전쟁 특별강좌와, 특별기획전 전선야곡, 제4기 호국문화대학 등 행사를 진행하고 있었다. 선 회장은 전쟁기념사업회 회장직에 부임하자마자 해외 유명박물관부터 다녔다. 그곳에서 보고 듣고 느낀 것을 모두 정리해 직원들에게 알려

줬다. 그의 지식은 교육을 통해 공유됐다. "문제의식을 갖고 철저히 준비를 했을 때 승리할 수 있다"는 그의 말은 어쩐지 선영제 회장의 삶 곳곳에서 적용되고 있는 듯했다.

Interview 최병순 Editor 곽은영

Photographer 김성호

최근 회장님의 근황에 대해 말씀 부탁 드립니다.

　선영제 전쟁기념사업회 회장(이하 선영제) 호국보훈
의 달을 맞이해 많은 행사를 했습니다. 각종 기관과 단체
에서도 전시와 이벤트를 열었고, 우리가 자체적으로 기
획한 행사는 6 · 25 전쟁 기념 특별강좌와 전선야곡(戰線
夜曲)이라는 특별기획전, 제4기 호국문화대학 등입니다.
6 · 25 전쟁과 관련된 전선야곡 특별 기획전은 6월 19일
에 장관을 모시고 개관식을 했고, 9월 21일까지 이어집
니다. 문학, 음악, 미술, 영화 속에 담긴 6 · 25 전쟁이라
는 테마로 3개월 동안 진행됩니다. 호국문화대학은 12주
동안 진행이 됐고, 6 · 25 전쟁 특별강좌를 통해 휴전협
정을 맺을 때 참전한 육성 증언을 듣고 미국 통신대대에
서 촬영한 희귀 영상물을 공개하는 등 좋은 호응과 관심
을 끌어냈습니다.

전쟁기념사업회의 역할과 위상이 궁금합니다.

전쟁기념관은 국립중앙박물관, 독립기념관과 더불어 국내 3대 박물관 중의 하나입니다. 규모는 3만5천 평, 전시공간만 2만5천 평입니다. 전쟁기념관의 기능은 세 가지가 있습니다. 첫 번째, 전쟁관련 유물을 수집, 분류, 보관, 전시하는 박물관 기능, 두 번째, 추모기능을 하는 기념관으로서의 역할, 세 번째, 교육기능입니다. 저희의 비전과 목표라고 하면, 국민과 함께하는 기념관, 스토리가 있는 기념관, 가슴으로 느끼는 기념관을 만들자는 것입니다. 이 캐치프레이즈는 제 명함에도 들어가 있어요. 제가 전쟁기념사업회 회장으로 일한 지 아직 일 년이 안 됐는데, 특히 스토리를 입힌다는 것에 주안점을 두고 있습니다. 6·25 전쟁 당시 실제 사용했던 장비들에 스토리를 입혀서 재미를 주는 등 올 때는 무심코 왔으나 나갈 땐 무엇인가 느끼고 가야 한다는 마인드로 전 직원이 노력하고 있습니다.

회장님께서는 육사생도 생활을 시작으로 군단장까지 지내
셨는데 그동안의 경험을 통해 정립한 리더십에 대한 철학이
있을 것 같습니다.

군에 있을 때나 지금이나 공평무사, 신상필벌, 솔선수
범 세 가지를 기준으로 생각합니다. 업무를 할 때는 공개
적이고 공평하게 처리하고, 잘한 것은 보상하고 못한 것
은 처벌하고, 나부터 투명하게 한다는 생각으로 일을 하
는 것입니다. 저는 기본과 원칙, 법규와 절차를 중요시합
니다. 관행적으로 해오던 것을 원칙대로 하기 위해 많은
노력을 했고 이런 마인드가 아랫사람들과의 일체감에 도
움을 주는 것 같습니다. 저는 항상 직원이 행복해야 고객
이 행복하다고 생각합니다. 다시 말해 제 첫 번째 고객은
직원인 셈이지요. 제가 직원에게 기대하고 바라는 것은
오고 싶고 보람 있고 가치 있는' 행복한 직장을 만들자'
는 것입니다. 그래서 직원과의 소통을 위한 하늘정원을
옥상에 만들었고 복지에 관심을 가져서 실질적으로 혜택

이 돌아갈 수 있도록 노력하고 있습니다. 무엇보다 주요 의사결정 시 직원들을 참여시키고, 난상토론을 하며 공감대를 형성하고, 함께 의사결정을 한 후 자발적인 참여를 유도하는 것이 제 철학이라면 철학입니다. 참여적 의사결정이죠. 주요 의사결정을 할 때 회장이 결정해 버리면 직원이 안 움직여요.

〈국방 리더십 저널〉은 군 고급지휘관을 대상으로 하고 있습니다. 그들에게 리더로서 갖춰야 할 리더십 덕목에 대해 한 말씀 부탁드립니다.

21세기는 '리더십 홍수'의 시대를 넘어 '리더십 정글'의 시대로 가고 있습니다. 세계적으로 하루에 한 권 이상 리더십 관련 서적이 출판되고 있고, 리더십에 대한 정의만 6백여 가지가 넘습니다. 또 우리는 시대와 분야를 망라해 조직을 성공적으로 이끈 인물들의 리더십에

진정한 리더는 복종자가 아닌 추종자를 만든다

열광하고 있습니다. 일본의《대망》이라는 소설에서 도쿠가와 이에야스는 아들에게 말하길 "대장이란 존경 받고 있는 것 같지만 실은 부하에게 언제나 잘못이 없나 탐색 당하고 있는 거야. 부하라는 건 반하게 만들어야 하며, 심복은 사리를 초월하는 데서 나온단다."라고 말했습니다. 세상에는 복종자가 많아야 훌륭한 리더라고 생각하는 사람이 많은데 그것은 잘못된 오해입니다. 진정한 리더란 추종자가 많은 사람 입니다. 복종자가 많은 리더는 절대적인 힘을 사용해 일시적으로 남을 굴복시킬 수 있지만 어떤 위기상황에서 힘이 쇠락하면 리더십을 급격히 상실하게 됩니다. 추종자가 많은 리더란 남의 마음을 헤아려 움직이게 한 사람으로, 마음에서 우러나와 스스로 따르는 사람이 많은 진정한 리더입니다. 이러한 리더에게 필요한 것은 인격과 인품, 희망과 감동, 신뢰, 존중하고 인정하는 태도입니다. 모든 조직사회에서 일의 성패는 리더십에 달려 있습니다. 누구나 리더가 될 수는 있지만 진정한 리더가 되기는 어렵죠. 각급 제대 지휘관 및

참모는 스스로 자기 부하들이 추종자인지 복종자인지를
따져 보고, 추종자가 많은 리더가 되도록 최선의 노력을
해야 할 것입니다.

군 장교 시절 기억에 남는 일이 있으실 것 같습니다.

제가 2년 동안 사단장을 했는데, 장병들이 들어오자
마자 음성 꽃동네로 봉사활동을 보냈습니다. 봉사활동
후에야 보직 인사를 진행할 정도로 중요한 비중을 뒀습
니다. 장병들은 그곳의 장애인들을 보며 인생의 가치가
무엇인지 깨닫고, 사지를 멀쩡하게 낳아 준 부모에게 감
사하는 마음을 갖게 됩니다. 저절로 인성교육이 되는 것
이지요. '서편제'에서 스승인 김소희가 나이 70에 12살
짜리 제자 오정애를 제자로 받았는데, 그에게 "인간이 먼
저 돼라"고 했어요. 인성교육을 중요시했던 사람인 것이
지요. 저는 올바른 방법과 수단을 통해 목표를 달성해야

한다는 마인드가 고급지휘관들의 머릿속에 각인되었으면 합니다. 군대의 존재 목적은 패배가 아닙니다. 이기는 것입니다. 이기기 위해 고민해야 하는 조직이죠.

최근 이순신 장군에 대한 책을 읽었는데, 이순신 장군의 리더십은 인격 리더십이더군요. 이순신 장군은 인격과 사랑으로 승승장구할 수 있었어요. 정치, 경제, 사회, 문화 그리고 군 지도자는 모두 인격자가 아니면 금방 손가락질 받고 오래 못 갑니다. 그래서 첫 번째가 인품, 인성, 사랑, 두 번째가 진정성, 청렴함입니다. 제가 항상 하는 이야기지만 사람은 철학과 신념이 있어야 합니다. 그리고 리더라면 급속도로 변화하는 세상에서 그 흐름을 읽을 줄 알아야 합니다. 저는 군인이 군인 일만 알면 안 된다고 생각합니다. 융합을 해야죠. 국제정세를 읽고, 정치, 경제, 사회, 문화, 군사흐름을 다 아우르는 조각 그림들을 묶어 융합시킬 줄 알아야 해요. 그래야 싸워서 이길 수 있습니다.

요즘 회장님께서 바라보고 계신 리더십 트렌드가 있다면요.

요즘 진성 리더십에 관심이 많은데 진성 리더십에 대한 이야기를 들으면서 국민영웅 박태준 포스코 명예회장을 생각했습니다. 미약한 산업기반과 기술자립을 이루지 못했던 1970년대, 포항제철에서 '산업의 쌀'인 철을 만들어내지 못했다면 오늘날 자동차 강국이나 조선 강국도, 세계 10위권의 경제력도, 국민소득 2만 달러 시대도 이뤄내지 못했을지 모릅니다. 박 명예회장은 육사 6기로 임관 후 6·25전쟁에 참전해 생사의 갈림길 속에 5개의 무공훈장을 받았으며, 이때 철저한 군인의 기와 투철한 혼을 새기고 육군소장으로 전역했습니다. 그분은 군 생활을 통해'짧은 인생 영원한 조국에'라는 좌우명을 갖게 됐다고 합니다. 1992년 광양제철 준공식 다음날 서울 동작동 현충원의 박정희 대통령 묘소를 찾아가"각하의 명을 받은 지 25년 만에 포항 제철 건설의 대역사를 성공적으로 완수했다"고 보고한 후 스스로 매우 기뻐했다고 합니다. 저는 이런 불가능을 가능으로 만든 것이 바로 진성 리더십이라고 생각합니다. 그것이 군인정신이고 리더라면 그런 정신을 가져야 합니다. 리더십은 말로 이루는 게 아니에요. 행동과 실천의 결과로 나타나는 것입니다. 제가 강단에서 8년간 강의해 보니 젊은 친구들이 머리도 좋고 공부도 잘 해요. 그런데 이론이 아닌 실천을 할 수 있는 용기가 부족했어요. 그런 용기를 갖고 실천하는 자세가 진성 리더십이라 생각합니다.

마지막으로 군 리더십 발전을 위한 조언 부탁드립니다.

군대와 군인은 전쟁에서 승리하기 위해 존재하는 집단입니다. 문제의식을 갖고 준비를 철저히 했을 때 승리할 수 있어요. 이순신 장군이 23전 23승을 했다고 하는데, 사실 이길 수밖에 없는 전쟁을 한 겁니다. 그만큼 준비를 했으니까요. 고급리더들은 군인만이 전투를 한다고 생각하면 안 됩니다. 전투는 군인이 하지만 전쟁은 국민이 하는 것이에요. 가장 큰 피해자는 국민이고, 더 나아가 여성과 아이에요. 전쟁이라는 건 우리 모두의 일인데, 그걸 망각하고 있죠. 신분이 군인이 아니라고 해서 전쟁과 상관없는 건 절대 아닙니다.

전쟁이라는 건 우리 모두의 안보와 관련된 일입니다. 고급지휘관은 그것을 주위사람에게 주지시켜야 합니다. 그리고 또 한 가지 중요한 것은 민심을 얻는 사람이 이긴다는 것입니다. 군도 마찬가지예요. 민심을 떠나면 절대 안 됩니다. 군인은 국민들로부터 신뢰를 얻어야 합니다. 신뢰 받는 군을 만들어야 해요. 그래야 국민들로부터 관심과 지원 그리고 사랑을 받을 수 있습니다. 경제는 '잘 살고 못살고'의 문제지만 안보는 '죽느냐 사느냐'의 문제입니다. 그래서 안보를 담당하고 있는 군 리더들은 책임의식을 갖고 이 땅의 행복을 유지하기 위해 몸과 마음을 갈고 닦아야 할 것입니다.

내운명은
스스로
만들어 간다

선영제 지음

초판 인쇄 | 2012년 12월 26일
초판 발행 | 2012년 12월 31일

펴낸 곳 | (주)보림에스앤피
출판등록 | 301-2009-113
등록된 곳 | 서울시 중구 충무로 3가 56-7
전 화 | 02-2263-4934
팩 스 | 02-2276-1641
전자메일 | wonil4934@hanmail.net

가격 12,000원
ISBN 978-89-98252-05-2 03800